【现代文学精品集】

李叔同

文学精品选

李叔同◎著

中国出版集团

现代出版社

图书在版编目（CIP）数据

李叔同文学精品选 / 李叔同著. —北京：现代出
版社，2017.11
ISBN 978-7-5143-6533-7

Ⅰ. ①李… Ⅱ. ①李… Ⅲ. ①中国文学－现代文学－
作品综合集 Ⅳ. ①I216.2

中国版本图书馆CIP数据核字（2017）第243921号

著　　者	李叔同
责任编辑	杨学庆
出版发行	现代出版社
地　　址	北京市安定门外安华里504号
邮政编码	100011
电　　话	010-64267325　64245264（传真）
网　　址	www.1980xd.com
电子邮箱	xiandai@cnpitc.com.cn
印　　刷	北京军迪印刷有限责任公司
开　　本	710mm×1000mm　1/16
印　　张	13
字　　数	197千字
版次印次	2018年1月第1版　2020年10月第2次印刷
标准书号	ISBN 978-7-5143-6533-7
定　　价	45.00元

李叔同简介

　　李叔同（1880～1942），谱名文涛，幼名成蹊，学名广侯，字息霜，别号漱筒。出家后法名演音，号弘一，晚号晚晴老人，后被人尊称为弘一法师。他是我国著名的音乐、美术教育家，书法家，戏剧活动家，是我国话剧的开拓者之一，著名的佛教僧侣。

　　1885年，李叔同接受启蒙教育，开始学习《百孝图》《返性篇》《格言联璧》及文选等。1892年，他开始读《尔雅》《说文》等，还学习训诂学。同时练习各朝书法，并以魏书为主。1894年，他开始读《左传》《汉史精华录》等。

　　1899年，李叔同迁居上海，开始其辉煌的艺术生涯，出版了《李庐诗钟》《李庐印谱》，并与著名画家任伯年等开设上海书画公会，每周出一张画报。1901年，他进入上海南洋公学读经济特科班。1904年，他在上海参加演出京剧《虫八腊庙》《白水滩》等。1905年，他出版了《国学唱歌集》，他还填词作曲了《祖国歌》，同年秋去往日本。

　　1906年，李叔同进入东京上野美术学校学习西洋绘画及音乐，并编辑包括封面、绘画、文章全由他一人包办的《音乐小杂志》，还组织"春柳社"研究新剧演技。1907年，他曾演《茶花女》，并饰演女主角，成为我国话剧艺术的先驱。1910年，他毕业回国，任教于天津高等工业学堂和直隶模范工业学堂。

1912 年，李叔同到上海城东女校授国文和音乐课，并加入"南社"，任《太平洋报》主笔，与著名诗人柳亚子创办文美会，主编《文美杂志》。秋季，他到杭州任浙江两级师范学校音美教师。1915 年，他应南京高等师范学校之聘，兼任该校国画音乐教授，往来于宁杭之间，并组织宁社。

1918 年秋，李叔同入定慧寺拜师出家，改名渲音，号弦一。9 月，他到灵隐寺受戒，从此专心研究佛学律学。1929 年，他到厦门整顿闽南佛学院的教育。1939 年，他著《南山律在家备览略篇》。1941 年，他编著《律纱宗要随讲别录》。1942 年 10 月 13 日晚 8 时，他圆寂于泉州不二祠养老院的晚晴室，享年 62 岁。

李叔同多才多艺，诗文、词曲、话剧、绘画、书法、篆刻无所不能。李叔同的诗词在我国近代文学史上同样占有一席之地。他年轻时，即以才华横溢引起文坛瞩目。客居上海时，他将以往所作诗词手录为《诗钟汇编初集》，在"城南文社"社友中传阅，后又结集《李庐诗钟》。出家前夕，他将 1900 至 1907 年间的 20 多首诗词自成书卷，其中就有《留别祖国并呈同学诸子》《哀国民之心死》等不少值得称道的佳作，表现了他对国家命运和民生疾苦的深切关注。

著名文学家林语堂曾说：李叔同是我们时代里最有才华的几位天才之一，也是最奇特的一个人，最遗世而独立的一个人。

著名作家张爱玲曾说：不要认为我是个高傲的人，我从来不是的，至少，在弘一法师寺院围墙外面转，我是如此的谦卑。

著名文学家、教育家夏丏尊曾说：综师一生，为翩翩之佳公子，为激昂之志士，为多才之艺人，为严肃之教育者，为戒律精严之头陀，而以倾心西极，吉祥善逝。

目录

◎

文艺杂谈

李叔同

文学精品选

辛丑北征泪墨

　　游子无家，朔南驰逐。值兹离乱，弥多感哀。城郭人民，慨
怆今昔。耳目所接，辄志简编。零句断章，积焉成帙。重加厘
削，定为一卷。不书时日，酬应杂务。百无二三，颜曰：《北征
泪墨》，以示不从日记例也。辛丑初夏，惜霜识于海上李庐。

光绪二十七年春正月，拟赴豫省仲兄。将启行矣，填《南浦月》一阕
海上留别词云：

　　杨柳无情，丝丝化作愁千缕。惺忪如许，萦起心头绪。谁道
销魂，尽是无凭据。离亭外，一帆风雨，只有人归去。

越数日启行，风平浪静，欣慰殊甚。落日照海，白浪翻银，精采眩目。
群鸟翻翼，回翔水面。附海诸岛，若隐若现。是夜梦至家，见老母室人作
对泣状，似不胜离别之感者。余亦潸然涕下。比醒时，泪痕已湿枕矣。
　　途经大沽口，沿岸残垒败灶，不堪极目。《夜泊塘沽》诗云：

杜宇声声归去好，天涯何处无芳草。春来春去奈愁何？流光
一霎催人老。

新鬼故鬼鸣喧哗，野火磷磷树影遮。月似解人离别苦，清光
减作一钩料。

晨起登岸，行李冗赘。至则第一次火车已开往矣。欲寻客邸暂驻行踪，
而兵燹之后，旧时旅馆率皆颓坏。有新筑草舍三间，无门窗床几，人皆席
地坐，杯茶盂馔，都叹缺如。强忍饥渴，兀坐长喟。至日暮，始乘火车赴
天津。路途所经，庐舍大半烧毁。抵津城，而城墙已拆去，十无二三矣。
侨寄城东姚氏庐，逢旧日诸友人，晋接之余，忽忽然如隔世。唐句云："乍
见翻疑梦，相悲各问年。"其此境乎！到津次夜，大风怒吼，金铁皆鸣，愁
不成寐，诗云：

世界鱼龙混，天心何不平！岂因时事感，偏作怒号声。烛尽
难寻梦，春寒况五更。马嘶残月坠，笳鼓万军营。

居津数日，拟赴豫中。闻土寇蜂起，虎踞海隅，屡伤洋兵，行人惴惴。
余自是无赴豫之志矣。小住二旬，仍归棹海上。

天津北城旧地，拆毁甫毕。尘积数寸，风沙漫天，而旷阔逾恒，行道
者便之。

晤日本上冈君，名岩太，字白电，别号九十九洋生，赤十字社中人，
今在病院。笔谈竟夕，极为契合，蒙勉以"尽忠报国"等语，感愧殊甚。
因成七绝一章，以当诗云：

杜宇啼残故国愁，虚名遑敢望千秋。男儿若论收场好，不是
将军也断头。

越日，又偕赵幼梅师、大野舍吉君、王君耀忱及上冈君，合拍一照于育婴堂，盖赵师近日执事于其间也。

居津时，日过育婴堂，访赵幼梅师，谈日本人求赵师书者甚多，见予略解分布，亦争以缣素嘱写。颇有应接不暇之势。追忆其姓名，可记者，曰神鹤吉、曰大野舍吉、曰大桥富藏、曰井上信夫、曰上冈岩太、曰塚崎饭五郎、曰稻垣几松。就中大桥君有书名，予乞得数幅。又丏赵师转求千郁治书一联，以千叶君尤负盛名也。海外墨缘，于斯为盛。

北方当仲春天气，犹凝阴积寒。抚事感时，增人烦恼。旅馆无俚。读李后主《浪淘沙》词"帘外雨潺潺，春意阑珊。罗衾不耐五更寒"句，为之怅然久之。既而，风雪交加，严寒砭骨，身着重裘，犹起栗也。《津门清明》诗云：

> 一杯浊酒过清明，箸断樽前百感生。辜负江南好风景，杏花
> 时节在边城。

世人每好作感时诗文，余雅不喜此事。曾有诗以示津中同人。诗云：

> 千秋功罪公评在，我本红羊劫外身。自分聪明原有限，羞从
> 事后论旁人。

北地多狂风，今岁益甚。某日夕，有黄云自西北来，忽焉狂风怒号，飞沙迷目。彼苍苍者其亦有所感乎！

二月杪，整装南下，第一夜宿塘沽旅馆。长夜漫漫，孤灯如豆，填《西江月》一阕词云：

> 残漏惊人梦里，孤灯对景成双。前尘渺渺几思量，只道人归

是谎。谁说春宵苦短，算来竟比年长。海风吹起夜潮狂，怎把新
愁吹涨。

越日，日夕登轮。诗云：

感慨沧桑变，天边极目时。晚帆轻似箭，落日大如其。风卷
旌旗走，野平车马驰。河山悲故国，不禁泪双垂。

开轮后，入夜管弦嘈杂，突惊幽梦。倚枕静听，音节斐靡，飒飒动人。
昔人诗云："我已三更鸳梦醒，犹闻帘外有笙歌。"不图于今日得之。
舟泊烟台，山势环拱，帆樯云集，海水莹然，作深碧色。往来渔舟，
清可见底。登高眺远，幽怀顿开。诗云：

澄澄一水碧琉璃，长鸣海鸟如儿啼。晨日掩山白无色，
□□□□青天低。

午后，偕友登烟台岸小憩，归来已日暮。□□□开轮。午餐后，同人
又各奏乐器，笙琴笛管，无美不□。迭奏未已，继以清歌。愁人当此，虽
可差解寂寥。然何满一声，奈何空唤；适足增我回肠荡气耳。枕上口占一
绝，云：

子夜新声碧玉环，可怜肠断念家山。劝君莫把愁颜破，西望
长安人未还。

水彩画略论

西洋画凡十数种，与吾国旧画法稍近者，唯水彩画。爰编纂其画法大略，凡十章。以浅近切实为的，或可为吾国自修者之一助焉。

第一章　水彩画材料

第一节　绘具箱

绘具箱即颜料盒，铁叶制，外涂黑色，内涂白色，中以铁叶分划隔开，贮各种绘具（即颜料）。

绘具有两类。（甲）干制之绘具，与吾国之颜料相似。久藏不变色。唯用时须以笔搅之，易与它色相掺杂不能十分纯洁。然价值较廉，日本中小学校多用之。（乙）炼制之绘具，以溶解之颜料入铅管贮之，用时挤出少许，用毕所余之残色，弃去不再用。故其色清洁纯粹，无污染之虞。今日本水彩画家皆用之。

水彩绘具共有七十余种，必备者约十六色，其名如下：

法名 / 英名

一、Blanc de Chine/Chinese white

二、Jaune de Citron/Lemon yellow

三、Cadmium Clair/Cadmium yellow pale

四、Cadmium fonce/Cadmium yellow deep

五、Ochre jaune/Yellow ochre

六、Vermilion/Vermilion

七、Grance fonce/Rose madder

八、Grance rose dore/Pink madder

九、Ronze de Pouzzolle/Light red

十、Violet demars/Mars violet

十一、Vert emeraude/Veronese green

十二、Vert Vegetal/Hookers green

十三、Indigo/Indigo

十四、Bleu de Prusse/Prussian blue

十五、Bleu de Cobalt/Cobalt blue

十六、Bleu dontremer/French ultramarine

今更说明其颜色并用法如左（下）：

（一）Chinese white（以下皆单举英名）其质细而纯白，即吾国之铅粉。水彩画家常用之，与它色混合，不损它色。大抵光线极强之部分，与远景之空气，用之最为合宜。

（二）Lemon yellow 淡黄色，混红色能得肉色。空之部分，又草叶树叶之柔和调子，尝用之。

按：调子者，色彩调和之谓，与音乐家所用之名词"调子"、文章家所用之名词"格调"，同一意义。

（三）（四）Cadmium yellow pale and deep 亦黄色，混红色或青色，能得华丽之色彩。（三）较淡，（四）较深。

（五）Yellow ochre 不透明之柔黄色，与 Ultramarine 混和，得绿色。

（六）Vermilion 不透明之朱色，混黄色彩用于明之部分，混 Cobalt 或 ultramarine 之蓝色，用于暗之部分。

（七）Rose madder 玫瑰红色，无论明部或暗部皆可用之。与 Lemon yellow 或 Cadmium yellow 混合得肤色。

（八）Pink madder 亦美丽之淡红色，绘人体或花卉必用之具。

（九）Light red 灰红色，与吾国所用之赭石相似，其用甚广，与 ultramarine 混合，得灰色。

（十）Mars violet 半透明之肉色，与它色混，能得美丽之色。

（十一）Veronese green 美丽之绿色，绘人体或树木山野，不论明暗部分，皆可用之。

（十二）Hookers green 亦绿色，较前稍深，其用甚广。

（十三）Indigo 不透明之暗蓝色，与黄色混，得绿色。

（十四）Prussian blue 透明强蓝色，混黄色，得美绿色。又画天空与水面，得清澈之趣。

（十五）Cobalt blue 半透明之美蓝色，不论明部暗部，皆可用之。混朱或红，得紫色，少加黄色，得温灰色。又画天空或水面，常用之。

（十六）French ultramarine 半透明之青色，阴影部分多用之。混黄色，得种种之绿色。

以上所言，特其大略。至配合之方法，皆在自己实地试验，神而明之，存乎其人。故不赘述。

其绘具箱之价值，最廉者一角八分，笔二支，干制颜色十色附（日本制），然粗劣不适用。最昂者十元左右（英制或法制），炼制颜色十余色附。

第二节　笔

毛笔以貂毛为最良。此种笔专为水彩画制，大小有十数种。择购三四种已可敷用。其价值不甚昂，日本制者尤廉。

海绵笔洗画上之颜色用，大小有数种。

铅笔画草稿用。H者，硬之记号；B者，柔之记号。若记号递加者，其硬柔之度亦递加。学者择与自己顺手者用之，不必拘泥。

第三节　纸

第一种 OW 纸。此种纸为英国水彩画协会之特制，在日本购，每张四角。

第二种 Whatman 纸（译为"画用纸"）。此种用者最多，其价亦稍廉。

此外各种纸，皆不适用。不赘述。

第四节　画　板

有大小数种，或自制亦佳。唯木料须坚而平，俾不致有凸起之虞。

未画之前，将画纸裁好，铺画板上，用净水拂拭数次。迨纸质湿透，用纸条抹浆糊，贴其四周，待干后再着色彩。

第二章　水彩画之临本

欧美新教授法，初学绘画，即由写生入手，不用临本。然吾国人知识幼稚，以不谙画法者，强其写生，如坠五里雾中，有无从着手之势。况水彩着色，最为复杂。倘不先用临本，知其颜料配合之大概，即从事写生，亦有朱墨颠倒之虞。故初学水彩画，当先用临本。迨稍谙门径，然后从事写生，较为便利。日本水彩画临本，无佳者。以余所见，英国伦敦出版水彩画帖数种尚适用。胪列其名如下：

Vere Foster's Water Colour Books

（1）Landscape Painting for Beginners First Stage（山水）

（2）Landscape Painting for Beginners Second Stage（山水）

（3）Animal Painting for Beginners（动物）

（4）Flower Painting for Beginners（花卉）

（5）Simple Lessons in Flower Painting（花卉）

（6）Simple Lessons in Marine Painting（海景）

（7）Simple Lessons in Landscape Painting（山水）

（8）Studies of Trees（树木）

（9）Advanced Studies in Flower Painting（花卉）

（10）Advanced Studies in Marine Painting（海景）

以上一至七，皆浅近者；八至十，皆稍深者。以上各种，日本东京丸善株式会社有售者，每册价值约在一元以外。

每册有画十数幅。每画一幅，有说明论一篇。虽英文，然甚浅近。不通英文者，不妨略之。

本文一九〇五年冬作于日本东京，又名《水彩画法说略》。

论语言之齐一

我国各地交通不便，语言因以参差。今汽车、汽船既未遍通，有何良策能使语言齐一欤？

语言之变迁，其与进化相关系欤！荒裔野人，匪谙言词。蟠屈其指，作式以代。蛮野之状，吾不论矣。独夫弱劣之族，呰窳寡识。国语歧异，每不相埒。又其甚者，邻毗之间，家各异言。室人告语，他人闻之，辄为瞠目。既靡合群之力，无复爱国之想。澌灭之原，实基于是。黑奴红种，其彰彰者。唯我祖国，语言杂遝；外人著述，颇有以是相讥讪者。晚近以还，蹻踔之士，念稔语言歧异之为我国大谬也，于是有改良语言之议。虽然，谋之不臧，获效靡自，余心恫焉。不揣梼昧，为撰中国语言齐一说。

语言岂历久而不变者欤？究语言之学，考世界国语所肇祖，奚不出自一干。乃递嬗递变，迄于今兹，其种类盖三千有奇矣。虽然，古昔之时，交通隔绝，其日趋于异也固宜。今则舟车交驰，千里俄顷。交通之利，邃古所无。向之由同而异者，今且有由异而同之势焉。特由异而同，其为变盖渐，匪吾人所及穷诘。然吾敢言，京垓年岁后，世界言语必有大同之一日也。我国国语，凡涉及新学术、新制造、新动植物，多假他国字音以为名，此亦一证。以一国言之，其变迁之迹，尤为凿凿可据。日本九州岛大阪，语言向与东京不相符。乃自交通频繁，不十余稔，骎骎有划一之风。变迁之迅，盖有如此。若以我国言之，进步之迅，远不逮日本。然其迹亦有可按者。自遂古迄近世，黄河流域，若豫，若鲁，若燕，若晋，若秦，金为帝都，举中原衣冠之士凑集焉。故其语言多相若。厥后，隋炀浚运河，南北统一，而南方之语言一变。金陵为帝都垂四百年，长江之交通日繁，而南方之语言又一变。迄今长江流域与黄河流域之语言，相似者多，职是故也。自兹而外，若滇，若黔，若粤西，其民族土著盖鲜，来自他乡者居泰半，故语言变迁最着，无撑犁孤涂之病。若夫吴越南境，闽南粤东两省，晚近交通始盛，语言之变迁，犹未显着，故与他省较然不相似。以上所言，盖其大略。晰而言之，彼黄河、长江流域之语言，虽曰略同，岂无歧异者在？矧夫以全国计之，语言之歧异者，实居其多数也。语言歧异，为国之羞。齐一之法，夫何可缓！汽船、汽车，既未遍通，听诸天然，近效莫得。无已，其假诸人力乎！

假诸人力，必自教育始矣。教育之道有二：（甲）设官话学堂；（乙）学堂设官话学科。准兹二者，则乙为优。设官话学科于中学、小学，不若设于蒙学。年愈稚，习语言愈易，其利一；教育普及，其利二；习此可以兼通文法大纲，官话教科书中，单字依文法大纲排列，其利三；蒙学毕业入小学，即一例用官话，凡寻常应对，课堂授受，无须再用土白，其利四；此其学制也。若夫教授之法，近人论者盖鲜。然以华人授外人土白之例行之，则未可也。今拟教授之法数端如左：

一、设官话师范讲习所。择通达国文而能操纯官音者，官音以北京官音为准，非指各地官音；言亦非指北京土音言。其间区别，通北京语言者，自能辨之。入堂讲习，授以教授之方法。盖精于语言者，未必长于教授。故师范讲习所必不可缺。

二、官话教科书当因地制宜。各省土音互异者无论矣。即一县之内，乡镇与城市，土音亦有微异者。宜专订教科书，无稍假借。盖教授官话，必用土音为之比较也。

三、教科书编辑法。大纲凡二：（甲）区别。区别为三类：一曰异音，即字同而音异者。如"黄"字，沪音作 wong, 官音作 whong 之类是；二曰异字，分两种。意同而用字异者，如沪称"晓得"，官话作"知道"之类是；用字反背者，如有人持柬速驾，沪语则应之曰"就来"。官话则应之曰"就去"。"来"与"去"为反背词。此种异字虽少，然亦不可不知。三曰异文法，即句法微异者。如沪语"侬阿曾晓得？"官话作"你知道吗？""阿曾"即"吗"字，皆有疑问口吻，唯一则列于中间，一则列于语尾之不同是。（乙）次序。每课次序，如英文法程序，最便初学。首列单字，括有异音、异字两类。其排列秩序，宜依通行文法为之分类。例如，第一课单字，皆列名词；第二课，皆列形容词。与英文法程单字排列法相同。唯排列既依文法例，则异音、异字两类，不妨掺杂，可以助学者强记之力。单字下列异文法。唯此种无多，不必每课皆列入。次列官话十数句，即用从前已读之字拼成者。教授时，教员口诵，由学者译成文理默出，如近日学堂课程中译俗之例。约翰书院中文课程有"译俗"一门，其法，由教员用土白诵文一首，学者译成文理默出。今则易土白为官话，是其稍异处。又次，列土白十数句，即用从前已读之字拼成者。教授时，教员口诵土白，由学者口译为官音。

四、练习法。习官话半年，寻常应对，即可通用官话。偶有讹误，无须苛责。练习既久，自能纯一。期年小成，二年大成。苟教授得法，虽中材以下，亦能臻此程度。（按：蒙学堂学期泰半四年，官话学科宜编入第三年蒙学课程内，每星期占二时。）

乌乎，英墟印度，俄吞波兰，金以灭绝国语为首务。然则国语顾不重哉！文明之进步系于是，国家之安危亦系于是。改良齐一，未可缓也。我国数稔以还，负牀之孙，乳臭未脱，辄能牙牙学西语。趋承彼族，伺其颦笑，极奴颜婢膝之丑态。及闻本国语言，反多瞠目不解者。沉沉支那，哀哀同胞，其将蹈印度之覆辙邪，抑将步波兰之后尘耶？乌乎，吾国民其何择！

艺术谈

科学与艺术之关系

英儒斯宾塞曰："文学美术者，文明之花。"又曰："理学者，手艺之侍女，美术之基础。"可见艺术发达之国，无不根据于科学之发达。科学不发达，艺术未有能发达者也。学科中如理科图画，最宜注重。发展新知识、新技能、新事业，罔不根据于是。是知艺术一部，乃表现人类性灵意识之活泼，照对科学而进行者也。

美术、工艺之界说

美术、工艺，二者不可并为一谈。美术者，工艺智识所变幻，妙思所结构，而能令人起一种之美感者也。工艺则注意于实科而已。然究其起点，无不注重于画图。即以美术学校论，以预备画图入手，而雕刻图案、金工铸造各大科中，亦仍注重此木炭、毛笔、用器等画。唯图画之注意，一在应用，一在高尚。故工艺之目的，在实技；美术之志趣，在精神。

摘　绵

摘绵制法，先画一图，不拘花草鸟兽，用色绢剪成小方块，折之以角，层层折叠。如叠花则折长角，鸟羽或用圆角，或用长短角。花梗则用绕绒铜丝。鸟足亦如此。总之，能设色图画者，学习较易。用法或作横挂、屏风、堂幅、照架等类，或堆于绢质花瓶、花篮上，突出如生，色样鲜艳，颇有名贵气。然非善于图画者不辨。女子美术学校盛行之。

堆　绢

堆绢一科，日本称为押绘。先画简笔花鸟于纸，将纸剪下，如式再剪厚纸，以新白棉花堆砌其上。乃用白绢糊之，施以彩色，则堆起如生。（山水人物皆可）然后，或贴于精致木板，或装镜架。日本女子美术学校中，多制此类，为高品盛饰，其实乃传自我国耳！

袋　物

西国小学手工中，袋物一科，极为注重。日本职业女学，亦以此种为一大科，女子依为生计。中分洋纸制、绸布制、皮革制、蒲草编制、藤皮制、麦梗制、竹丝制。色样不一，各适其用。我国旧时女子研究囊类，有所谓发绿袋，前榴后柿等名目，功夫非不精细。惜绘图不精，形式谬误，劳而寡用，故成废弃。此亟当取法改良耳。

西洋通行各式革囊，如大小洋夹、携囊、书包、票夹等，日本仿造，有用似革纸、或布绸类代之，妙法也，亦省钱也。法：用硬衬衬于内，用绸或布或纸糊于外而缝纫之，坚牢虽不如革，而式靡不同。日本如此改造，实因取便于女子之工作，制造既易，出品即多，所以西洋革囊，不能流入日本。我国女工，苟仿行之，亦杜漏卮之一端哉！

绵细工

此种系用铁丝作骨，绵花为肉，包以绵纸，附以羽毛，制成鸟兽草虫之类，小者为儿童玩物，大者如生物立体相同，为小学校教授模型之用。

厚纸细工

此种以西洋厚纸，切成单片，五洲人种、鸟兽雏形，骨格可以装卸，施以彩色。后面印明该物之状态、生理、性质大略以供小学博物科教授所用。

刺　绣

我国刺绣之所以居于劣败之地，其原因有三：（一）习绣者不习画图，故不知若者为章法之美，若者为章法之劣。昧然从事，不加审择。此其一；（二）习绣者不知染丝、染线之法。我国染色丝线，种类不多，于是欲需何色，往往难求。乃妄以他色代之，遂觉于理不合。此其二；（三）不知普通光学。于是阴阳反侧，光线不能辨别，无论圆柱、椭圆、浑圆等物，往往无向背明晦之差，阴阳浅深之别。一望平坦，无半点生活气。此其三。今欲挽救其弊，在使习绣者必习各种图画。知光线最宜辨别，如法施用。若用缺色，用颜料设法自调自染，自不难达绝妙地步。至于绣工，但求像生，似不必再求过于工细。如古时绣件，作者太觉沉闷，且于生理大有妨碍，似可不必学步。观东西洋绣法，不过留意于以上三者，已觉焕然生色矣。

穿　纱

西洋穿纱，犹中国刺纱（俗名触纱），而一变其法也。法：用白纱一方，以囊针（囊针及白纱，洋行均有之），穿色绒线，刺花于纱上，不拘何种图案，均可依画穿花。如制女鞋、儿帽、床帷、帐颜、镜片、画轴、台毡等，花纹均堆起如生。

火 画

火烙画，其法最古。法用细铁针，握手处装以泥团，防其传热。其针在炉中炙红，画于竹木或石上，则焦痕斑斓可观。日本用酒精灯。钢针连于皮管，皮管连于皮球。一面将针烧红，一面将皮球挤出空气。俟皮管、皮球热后，钢笔传热不退。握笔作画，用可长久，不必屡屡更其笔也。今用竹箸式之铁针十余只，装以木柄，烧于炉中，互相更换，亦火画简便之法也。

木炭画

以焦木炭一条（日本东京小川熊野屋发卖），临画肖像及各种标本。其法但抚取大意，摹拟格式，不求精工。此画前预备功夫不可少也。如画一人，骨格之高低，面部之正侧，及肌肉之正反，以木炭之浓淡而显出之，于此最为注意。故近视之，则见错乱无规，远望之，则觉深淡得神。故美术学校之木炭画甚为重要也。

该图画室系圆形，中立一人（或坐或立，各种姿势皆可，亦不拘人物、鸟兽），学生皆环坐，画桌用三足架，仅可安放尺幅，以便临抚。如画人面，各就学生一方面观察临写。故一堂学生所绘人面，正反斜侧，各个不同。

油 画

用彩色油漆与松节油调和，使之深浅浓淡，各得其宜。或画于漆板，或画于漆布，或画于漆纸，皆可。先将白油漆作地，待其干后，再以彩色涂之。或用几种色者，挨次堆砌，视其深浅合宜为最佳。唯画图基础，方能出色。

油画分二种：一写意法，一工致法。学者当从工致法入手，及纯熟之后，然后画写意法。（油漆，日本小川町熊野屋发卖，每小匣洋二元，上海外国书坊亦有之，唯其价目甚贵，不易购买。）

关于图画之研究

小学之画，应以铅笔为主，毛笔作辅助而已。其理由：

（一）笔端坚固，描写最易。

（二）一线描坏，易于从旁改正。

（三）消除失笔之便易。

（四）附属品简单。

（五）便于联络用器画及手工之作图。

（六）便于理化笔记及作文之关系（东西各国，近有以画图作文题者。文中之意，即画中之象也。或一题作毕后，即以题中之意画于后也）。

（七）便于实物写生（东西各国之写生画，其课堂长方形，学生环坐四周。中置一桌，桌上置实物。各生所画者各不同，因实物有高低左右之别也）。

（八）便于校外教授时记录（教师每率群生，至校外荒野之地。见植物，即使各生观察详细。呼口令排成扇形，各出铅笔以摹之也）。

（九）与亚笔类似，便于摹仿（亚笔即粉笔）。

图画之种类

（一）随意画；

（二）临画；

（三）写生画；

（四）速写画；

（五）记忆画；

（六）默写画；

（七）图案画；

（八）自由画；

（九）补笔画；

（十）订正画；

（十一）透写画；

（十二）改作画。

随意画者，初等小学第一学年所用。无论圆方形，随己意也。

临画者，用画本临摹也。

写生画者，或山或水，或花木，描摹形态，有阴阳明暗之别。

速写画者，如偶见某物，用极简单之速笔，摹其形也。

记忆画者，画以前画过者。无论何物，随各人记忆而画出之。

默写画者，如欲画一桃子，教师不即言明，只云有某物，叶形如何，梗形如何，果形如何，使学生默画之。

图案画者，大抵系工业上所应用之花纹，最有实用，宜极力提倡之。

自由画者，令各生自随己意，欲画何物而画之也。

补笔画者，教师画一物，有意少画几笔，使学生补之。

订正画者，教师所画之画形，有意误画之，使学生订正。

透写画者，即印范本而画也。此法不可常用，恐养成依赖性也。

改作画者，如画成不分浓淡之毛笔画，用铅笔改正其阴阳、明暗、反正之形态也。

手工与图案

将纸折成一物，贴于画图纸旁，按而临之。此手工与图画浑而为一，养成实业思想之起点，谓之手工画。图案则非仅以目前所见之物而摹写之，如欲绘一花纹，不依据旧法，独凭巧思所构。初用画尺、铅笔、圆规三物。翻变花样，运用不穷，由浅及深，非研究用器画不可。要而言之，讲求工艺，此种画最为重要。试看外国花纸样本，五金雕刻，瓷器翻新，绸绒提花等类，无一不由此入手。

中西画法之比较

西人之画，以照相片为蓝本，专求形似。中国画以作字为先河，但取神似，而兼言笔法。尝见宋画真迹，无不精妙绝伦。置之西人美术馆，亦应居上乘之列。

中画入手既难，而成就更非易易。自元迄今，称大家者，元则黄、王、倪、吴，明则文、沈、唐、仇、董，国朝则四王及恽、吴，共十五人耳。使中国大家而改习西画，吾决其不三五年，必可比踪彼国之名手。西国名手倘改习中画，吾决其必不能遽臻绝诣。盖凡学中画而能佳者，皆善书之人。试观石田作画，笔笔皆山谷；瓯香作画，笔笔皆登善。以是类推，他可知矣。若不能书而求画似，夫岂易得哉！是以日本习汉画者极多，不但无一大家，即求一大名家而亦不可得，职此之故，中国画亦分远近。唯当其作画之点，必删除目前一段境界，专写远景耳；西画则不同，但将目之所见者，无论远近，一齐画出，聊代一幅风景照片而已。故无作长卷者。余尝戏谓，看手卷画，犹之走马看山。此种画法，为吾国所独具之长，不得以不合画理斥之。

焦画法

焦画器械，为现在泰西最盛行之画具，又为最良之娱乐。故于绅士淑女间，颇欢迎之。殊不让油绘、水彩画与写真术也。

此器械因药品之作用，以火烧"ブテヂナ"之针，能在木、竹、象牙、角、革、厚和洋纸、天鹅绒等材料上作人物、花鸟、风景、模样（即图案）等，不论中西画法，皆能合式，可随意为之。

但在绒类上，须别用"镘"，套于针笔上。

器械有两种：

第一种：挥发坛，橡皮装送气器、橡皮管、酒精灯、针柄、针笔。

第二种：与第一种同，但不用酒精灯。仅于挥发坛塞子上装成灯头，可以点火，代酒精灯用。

注意，第一种使用法：

先将挥发油入于挥发坛中，将塞子塞好。再将酒精灯点起来，以右手握针柄（针须先冠好），在酒精灯上将针尖烧红为止。再以左手轻轻握送气器数回（但预先必须将橡皮管安在坛上），此时针尖火力加热放炎，酒精灯即可吹灭。但左手须握送空气不绝，则针尖之热炎必不至减少。又握力之强弱，与热炎之强弱有关系，作画时用笔有轻有重，须以握力为之也。

炭画法

用品

炭笔　炭笔略分三号（又名画图铅）：一号坚而淡，用画轻细线；二号乃通用者；三号软而黑，用画深浓处。

纸卷皮卷　用灰色纸卷制成者，谓之纸卷；用鹿皮制成者，谓之皮卷。皆借以染炭笔之煤也。其深浓处，可用纸卷以加重，轻淡处则用皮卷以擦匀。

炭画放大法　放照欲求逼肖，须用九宫格，将干板浸入苏打水内，干板即成透明（软片及千层纸亦可）。将有药一面划成方格，乃为放照之主要品。

炭画保存法　将画成之照，取直蜡丁宜（洋菜及石花菜亦可）溶化于水，再加酒精十分之三，取其易干，用喷水管吹入画面，庶炭不脱落，可保久存。

注意　喷水管之制法，将细玻管两只，一长一短，合成曲尺形，长者一端略尖。

普通图画教育

是编前半，大致据黑田氏在经纬学堂所讲述者为蓝本。后半则多采他家之说，或加以管见。行文力求浅显，便初学也。初次起稿，信手挥写，不分章节。俟他日全编脱稿后，当再加以订正也。

图画为一种专门之学问，高深精微，无穷无尽。非吾辈浅学者所敢妄论，今择其关于普通教育之浅近者，述之如下。

图画与教育之关系及其方法

各科学非图画不明，故教育家宜通图画。学图画尤当知其种种之方法。如画人体，当知其筋骨构造之理，则解剖学不可不研究。如画房屋与器具，当知其远近距离之理，则远近法不可不研究。又，图画与太阳有最切之关系，太阳光线有七色，图画之用色即从此七色而生，故光学不可不研究。此外又有美术史、风俗史、考古学等，亦宜知其大略。

图画之目的

（甲）随意　凡所见之物，皆能确实绘诸纸上，故凡名山大川、珍奇宝物，人力所不能据为己有者，图画家则可随意掠夺其形色，绘入寸帧。长房缩地之术，愚公移山之能，图画家兼擅之矣。

（乙）美感　图画最能感动人之性情。于不识不知间，引导人之性格入于高尚优美之境。近世教育家所谓"美的教育"，即此方法也。

西洋画法草稿（一）

西洋画之类别

西洋画之类别，或依题目分之，或依技工分之，或依画幅分之。其依题目分者，表如左：（略）

依技工分者，表如左：（略）

依画幅分者，分大、中、小三等。此外，又有密画一种，为画幅之最小者。

以上之类别，据哈德曼氏所定。译名多从日本旧译。亦有以己意改订者。其定名之意义与界限，简略述之如下，以备初学者参考。

西洋画法讲义

总　论

天地万物，皆具自然之美。凡吾人目所见者，可以自由模写。其模写之美恶，实与其技术之巧拙相关系。非自然物有美恶之别也。

故作画者首重视力，辨别宜精细。

对于自然物，宜忠实，不可杜撰。学画之人往往有中途辍业者，皆由于薄视自然。故取法自然，为学画者第一义。

趣味人各不同。名手画家有专写下等社会之形状，及污秽之物者，然其趣味自高雅。盖绘画之趣味虽关于天然物，亦关于作画者之素养。记忆力亦重要。太阳之光线随时变化，吾人所见之自然物亦因之变化。无记忆力，必不能画瞬间之美。

初学描画，当知准备，今述之如下：

第一，位置：位置分两种：（一）天然之位置，如河海山林等。（二）人工之位置，如静物画之类，皆由人手定其位置者是。然人工之位置，须成自然之形。倘位置无法，画笔虽巧，亦不能成为佳作（详细见后构图说）。

第二，形：凡物以形为基础。绘画尤重形。故不能作正确之形者，必不能作画。画形须由大处着眼。

形成然后求面。初学作画，尤须着意画面。如明暗、平立等是。

第三，调子：凡表明物之圆扁、远近、软硬等色彩浓淡之度，谓之调子。

调子之原则，凡最明处所接之阴面必最暗，凡最暗处所接之阳面必最明。

又，近处明暗共强，远处明暗共弱。

学画调子，必须由大处着眼。

调子分强调子、弱调子；明调子、暗调子。初学作画，宜强宜明。

又，表明远近调子之原则，即近景最明，中景暗，远景较近景暗，较中景明。又如近处最暗，中景明，远景较中景稍暗。

第四，色：色与调子不可离，当与调子同时研究。

于画面之上，分色之善恶，有二种：

（一）画面全体之色；

（二）画面一部分之色。

但二者之中，以第一种为重。倘一部分之色虽佳，全体之色甚恶，决非佳作。

色彩当取法天然，多用暖色为宜。绘画大家，或有喜多用冷色者，然初学大不相宜。

暖色赤黄之类。

冷色青绿之类。

此外，又分透明色、不透明色、半透明色三类。

透明色如 Pink Madder 等

不透明色如 Vermilion 等

半透明色如 Cobalt 等

一般画家每于阴面用透明色，于阳面用不透明色。但彼此混用，亦无不可。

初学作画之色彩，宜华丽。绘画大家有专用涩色者，初学大不相宜。

第五，画题：画家作画，必先有画题。但练习作画时，可以不用。

第六，主客：一幅绘画之内，必有主客。如画人物，以人物为主，人物以外者皆为客；如描几上之果物，以果物为主，其旁所有之玻璃杯等，皆为客。作画时，不可以客位夺主位。务使主客分明为要。

第七，构图：以前所述之主客，为构图第一要义。否则，看画者之目力，不能专注于画面之一处、其画即失之于散漫无章。

（未完）

羽造花

日本造花店，用各种鸟毛，染以彩色；花瓣剪成圆形，叶片形式，各如其花之形态而定。闻染色之时用胶水涂之，取其鲜明而牢固。南京劝业会暨南馆亦有之，但不如日本所造之佳。

丁香编物

新加坡教会女学堂中，以丁香编织各物为最妙。如花篮、花瓶、小船、镜架等种种，以丁香穿于细铜丝，扎成细工。古雅芳香，甚为可爱。

通花剪花

绘水彩画于大通草上，则通草经受湿处，花纹自然突起，依样剪下，粘贴于鸟绒之上，装于镜架，十分美观。曾见于直隶馆中。

木嵌画

用各种天然有色之木，依山川形色而雕刻之，亭台木石，深深浅浅，镶刻于白木之中，而又以彩色烘托之。思想高尚，何与伦比。日本东京艺术学会有此制品。

冻石画

浙江温州所制之冻石画，其法与木嵌画同。用各色之冻石，雕刻各种人物山水，镶嵌于木屏中，凹凸玲珑，真奇妙也。

铁画

温州亦产铁画。用细铁条，锤成梅兰竹菊，或简易山水，涂以光漆，用白木屏装嵌于其上，远望花纹突起，苍古异常。

麦杆画

　　工艺馆有阙尹氏所制麦杆画。用麦柴劈为细丝，先用胶水画工细人物于绢上，将麦丝按图细腻匀贴，丝毫无误。真创见之作也。

石膏模型用法

第一章　石膏模型为学图画者最良之范本

自来图画专门之练习，每取古代制作品及其复制品为范本。但近来于普通教育图画之练习，亦采用此法。其范本以用石膏制之模型为主。

普通教育设图画科，不仅练习手法，当以练习目力为主。此说为今日一般教育家所公认。因眼所见之物体，须知觉其正确之形状。此种知觉之能力，为一般人所不可缺。但依旧式临画之方法以养成此种之能力，至为困难。于是近年以来，欧美各国之普通教育，以实物写生为图画之正课，即用兼习临画者，亦加以种种限制。因临画之教式，教以一定之描写法，利用小巧之手技似甚简便；然能减杀初学者之独创力，生依赖定式之恶习惯，且于目力之练习毫无裨益。故学图画者，当确信实物写生为第一良善之方法。

实物写生，取日常所用简单之器具为范本，固属有益。但初学者练习画线，以单纯之直线曲线构成之物体为宜。又练习阴影，以纯白之物体为宜。石膏模型，仿实物之形状，以美妙之直线与曲线构成，其色纯白，阴影处无色彩错乱之虞，阴阳浓淡之程度，容易判别。故学图画者，当确信石膏模型为实物写生用的第一完全之范本。

石膏模型分二种：

一、摹仿古今雕塑之名品杰作之复制品。

二、作者摹仿实物之创作品。

写生练习用，以第一种为宜。因以艺术上之名作为范本，自能悟解线形及骨相纯正之状态，且可以养成审美之智识。

第二章　收藏法

石膏模型，质甚脆弱，最易破坏，且图画用之模型，以纯白为适用，故须注意收藏，不可使受尘埃及油烟。其他污点斑纹亦不可有。石膏模型当贮藏于标本室，不可陈列于图画讲堂。因生徒常见此种标本，日久将毫无新奇之感情，故须另设收藏室，临画时再搬入讲堂。

第三章　教室之选定及室内之设备

写生用教室须高广，向北一面开玻璃窗。如以寻常教室充用，当由一面取光线。倘由二面或三面光线混入，模型之阴影将紊乱，初学者甚困难。室内之设备，当依其室内之形状酌定，无一定之程式，模型或近壁或在室之中央。如近壁时，壁面以浓色为宜，否则亦可挂布幕以为模型之背景，俾生徒观察物形之外线能十分明了。模型台之高低，当与多数生徒之视线在同一之平位为适宜（生徒座位前列低，后列高，最后列者每直立，故视线之高低不能统一）。

第四章　图画之材料

普通学校图画用纸，虽无一定之限制，但须择其纸质强固、纸面不甚光滑者为宜。描写之材料，有铅笔、木炭及黑粉笔等。但其中以木炭为最适用。故西洋各普通学校皆专用木炭。日本之普通学校，从前专用铅笔，近亦兼用木炭。

本文一九一三年春作于杭州浙江一师

广告丛谈

小序

英国大文豪马可累之言曰："广告之于商业，犹蒸汽力之于机械，有伟大之推进力。"美国大商家奥古登之言曰："商业之要件有三：（一）商品；（二）事务；（三）广告。广告尤为三者之原动力"云。

盖商家研究广告，犹军士研究战略。商业为平和之战争，广告即平和战争之战略。值兹优胜劣败之时代，犹墨守数十年前之战略，鲜有不失败者。故吾社特倡最新式广告，属不佞承其乏，每日拟稿数通，就正有道。公余多暇，更拟辑录《广告丛谈》，随时记入报尾。研究日浅，苦不能为精当之言，大雅宏达，幸不暇弃，有以匡其不逮焉。

一

广告之意义，分狭义与广义两种。狭义之广告凡商品卖出，及银行会社之决算、报告等，有广告于公众之目的者，皆属于此类。即吾人普通所谓之广告是也。至广义之广告，其界限殆难确定。凡社会上之现象，殆皆备广告之要素。如妙龄女子，雅善修饰，游行于市衢，直可确认为广告。

关于广义广告之论述，于英人维廉思地德所著之《广告术》中有论文一首，译之如下：

当社会未进步时，其广告之方法颇极粗杂，但不得谓为非广告。如美利坚印度人之酋长，以羽毛饰身，正示其部下，广告其身为酋长之意。迨社会既进步，广告方面亦因之发达。由其职业与地位，其广告之方法特异。故无论何人，皆有相应之广告。社会之进步，盖有如是。

上至神圣不可犯之女皇陛下，下迄徘徊市衢拭靴之贱夫，无人无广告者。女皇之广告行于国内。凡《宫廷录事》，记录女皇之一举一动，殆详尽无遗。又皇室之纹章，女皇之雕像，皆传诸万世，成为不朽之广告。

用广告于货币，非一私人所能为，仅女皇能之。无论金货、银货、铜货，皆刻有女皇之肖像。天下最宏大、适切之广告，殆无有逾于是者。

次于货币为邮票，是立女皇之广告。盖邮票皆揭女皇肖像。邮票通行世界，女皇肖像亦遂为世界各人种所熟视。是盖与普通商人署己之名于明信片、印己之肖像于广告函者，无以异。

此外，征诸政治界，凡政治家之演说，及其他政治上之行动，亦可确认为有效之广告。此种广告，始现于口舌，继揭诸报纸。故政治家每审慎周详，甄其谋之臧否，殆与业工商者，究心其广告之方法无稍异。政治家将胜其政敌，不得不假力于广告，工商业将胜其竞争者，亦不得不张大其广告。广告之用大矣哉！

以上为英人维廉思地德之说，虽言近奇矫，然广义广告宽大之范围，于此可窥一斑矣！

二

广告为科学欤？技术欤？其有研究之价值欤？广告学之存在，尚未经人道及，故难断言广告为科学。然其支配之原理、原则，确凿可证。又未可斥为单纯之技术。广告发达，实在晚近，只供工商家实用而已。学者评究，殆所罕闻。譬犹经济学，逮至今日，靡不认为科学之一。然于百四十年前，殆无人识其为科学者。为萌为芽，行将结良实，缀佳果。"广告科学"必有宣言于世界之一日，是固可为假定者也。

谓广告非单纯之技术，可以"簿记"喻之。簿记或谓为学，或谓为术。学子主张，各据一理。逮至近世，主张"簿记学"者殆居多数。广告性质与簿记酷似，谓簿记为学，宁可卑广告为单纯之技术邪！

民法关于广告有定则，于法学上可据精妙之理，详切论定。更以商品买卖论之，凡商业经济学中，论货物之交换，或交通，广告实占重要之部分。又商业经营学中，论商店整理，广告亦唯一之要素。此外，如希望广告，绍介广告有无相通，为人生所必需。盖广告实为经济之枢纽，绝非单纯之技术所可限定者也。

三

广告分类，由种种方面别之，为类至繁。重用绘画者，谓之绘画广告；重用文字者，谓之文字广告；或直接达其目的者，谓之直接广告；间接达其目的者（药房登录来函，医士署同人公启者，属此类），谓之间接广告。又，用于商业者，谓之营业广告；否则，可谓之非营业广告。此外，如大广告、小广告；长期广告、短期广告等。此种之分类，皆由于广告之目的，或广告之方法，然不得谓为适切之分类也。

适切之分类，可即其性质上别之为二：一为移动广告，一为定置广告。迹其发达之历史，两者划然各异其渊源。分类之良法，殆无有逾于是者。

移动广告，如新闻广告之类是。新闻印刷既竟，必经送递，乃可收广告之效果。故此类广告，当视其移动之迟速，判其效力之多寡。属于此类者，有传单广告、信片广告、样本广告等。

定置广告，与前正相反，有不能移动之性质，如广告板之类是。广告板矗立市衢，炫其华彩，往来行人，游睇相属，广告之效力乃显。属于此类者，有招牌广告、舞台围幕广告、公园椅子广告、电车广告等。

移动广告为自动的，定置广告为他动的。此外，又有兼自动、他动二性者，谓之中性广告。例如，月份牌广告，赠送之际，属于移动广告；及悬诸梁壁，为座右之装饰，则又属于定置广告。属于此类者，有扇子广告、酒杯广告、手巾广告等。

又，以上三种之界限，亦有相混合者。如寻常递送之新闻，为移动广告；存贮于公众阅报处之新闻，为中性广告；新闻社前所张挂之新闻，为定置广告之类是也。

四

广告为招徕顾客之良法。往往有同一商品，同一实价。善用广告者昌，不善用广告者亡，是固事实之不可掩者。虽廉其价，美其物，匪假力于广告，必不可获迅速之效果。反是，以广告为主位，虽无特别之廉价，珍异之物品，然能夸大言于报纸，植绘板于通衢，昼则金鼓喧阗，夜则电光炫耀。及夫顾客偕来，叮咛酬应，始啜以佳茗，继赠以彩券。选择不厌，退换不拒，其商业未有不繁昌者。

广告之重要有如此。然广告之方法，以何者为最适切欤？今大别之为三：曰货币广告；曰邮票广告；曰新闻杂志广告。

一、货币广告

货币为一般人所通用。无论贵贱、男女、老幼，不用货币者，殆无其人。故货币之效力，可以普及全国，流通不歇，占广告中第一位。今以一万枚货币，与一万张新闻纸比较，其效力如下：

货币之流通，以每一日移入一人手计之，有一万枚货币，十日间可通过十万人手，百日间可通过百万人手。由是类推，远逮数十百年，货币之流通，正无穷期。广告之效力，亦日益扩大。新闻纸则不然。依西洋学者计算，每一张新闻纸，平均阅者八人，有一万张新闻纸，计阅者八万人。然新闻之流通，仅在当日，逮及翌朝，阅者殆稀。故谓，新闻纸一万张，阅者仅八万人，蔑不可也。较诸货币之流通，由一万而十万，而百万，其效力之多寡，何可以道里计！又，货币为人所宝贵，故遗失损坏者较少。若新闻纸，则一览无余，弃若敝屣。其寿命之延促，相去为何如邪！

昔有英国商人，于法国小银货上镌印己名，散布各处，颇得良好之效果。然用广告于货币，每为政府所禁，今无行之者。

二、邮票广告

邮票流通之效力，虽逊于货币，然货币仅能流通于内国，邮票则凡万国邮便联合国界内，皆可流通、自由。货币广告为内国的，邮票广告为世界的。故业外国贸易者，用邮票广告，效力尤着。但私人无制造邮票权，此不第吾国然也，世界各国靡不如是。

三、新闻杂志广告

新闻杂志广告，其效力虽劣于前二者，然简便易于实行。其利有三：

甲、流通最广广告牌广告，限于一定之位置。电车广告，限于铁道之范围。手巾广告，不入贵显之堂。信札广告，不入家族之目。若新闻杂志，则无论贵族平民、老幼男女，不限于阶级，不界于远近，靡不购读传观。故新闻杂志之广告，确为实用广告之上乘。

乙、费用最廉无论如何精妙之广告，倘费用太昂，必亏及本利。若新闻杂志广告，较他种为廉。例如，发明信片广告十万张，需资千元，此外，尚有印刷费、发送费等。若新闻广告以半版计，上海普通价值约二十元以内，其费用相差有如是。

丙、制造最速手巾广告、板画广告等，制造需时甚久。今日商业世界，每竞争于分秒间。此种广告，殆不适于活用。若新闻广告，能于数小时内登出，故传递消息最捷。杂志广告所以次于新闻广告者，亦在此。

以上所述广告之方法，理论上首货币，邮票次之；以实行言，当推新闻杂志。又新闻广告尤为第一良法云。

五

广告之分类，于第三章已举其略。兹更综其要者，别为二十。详论如下：

一、新闻杂志；

二、传单；

三、书籍目录；

四、书籍附张；

五、营业招徕；

六、定价表；

七、画、明信片、信封等；

八、时宪书、月份牌、日记簿、星期表等；

九、火车；

十、电车；

十一、广告伞；

十二、广告塔；

十三、板画；

十四、音乐队；

十五、舞台围幕；

十六、山林；

十七、公园椅子；

十八、电柱；

十九、扇子、酒杯、食箸、火柴等；

二十、衣帽、手巾、包袱等。

一、新闻杂志广告

新闻杂志，种类綦繁，性质各殊，读者亦异。故登广告者，当审其新闻杂志之性质，与己所广告者适合与否，乃可收良好之效果。以上海报界论之，如《新闻报》之于商界，《民立报》之于学界，《妇女时报》之于女界，《教育杂志》之于教育界，佥有密切之关系。又征诸日本报界，如《时事新报》读者多商人，《日日新闻》读者多官吏，《读卖新闻》读者多文学家，《万朝报》读者多中学生，《都新闻》读者多优人、艺伎。人类不同，需用之物品亦各异其趣。登纸烟广告于儿童杂志，鲜有不失败者。

二、传单广告

传单广告之效力，虽逊于新闻杂志，然独适用于内地商店。盖内地与都市迥殊，营业规模至为狭隘。倘登广告于新闻杂志，虽名达都市，当地识者殆稀。若传单广告，最为适用。印费既廉，送递亦易。良善之法，当无有逾于是者。

三、书籍目录广告

书店广告，当以是为主位。故发行所或发卖所皆印有书籍目录，以备购者索取。普通书籍目录，年刊一次，或月刊一次，或用单张纸幅，或另装订成册。（下缺）

美术界杂俎

世界名优亨利阿文格氏

氏英人，今年十月十四日以急病死，英王、美大统领金致词吊唁。氏生时，于学靡不窥，肆业达柏林、康布利几两大学，授文学博士号。又，格辣斯大学授法律博士号。以故盛名传遐迩。日本名优游英者，无不以得亲颜色为幸。氏性高尚，善雄辩。登场献技，喜为悲剧之音，与日本团十郎相仿佛。英国剧界改良，氏之力为多。今赍志以没，识者金谓英国丧一大光明云。

日本洋画大家三宅克已氏

氏阿波国德岛人。幼时酷嗜绘画，殆废寝食。十七岁，游于大野幸彦氏之门，专修洋画。明治二十四年，氏看英人今勃利氏水彩画展览会，忽发感触，遂决定专门研究水彩画。顾日本工此者鲜，靡自取法。后往欧美，与彼都名士游，究心探讨，其技以是大成。归国后画名益着，推为水彩画之山斗。氏著作甚富，余所及见者数种，附志于左。世有同好，愿先睹焉。

日本洋画杂志一斑

日本画派有两种：日本画、洋画。日本画发达最早，已出版之杂志，不下数十种。洋画近年始发达，进步甚迅，杂志出版者亦有十余种。右所记载，不无挂漏，然亦可窥见一斑矣。

日本近日美术会汇记

日本美术协会第三十八回展览会，在上野同会列品馆，由十月十一日至十一月三十日止。

日月会展览会，由八月十五日至九月二十八日止，在上野第五号开会。出品之种类：绘画、雕塑、图案、新古参考品等。新作中最著者，有根本雪逢氏之花鸟屏风一双，小川荣达氏之美国贵宾入京、两国川开等。

白马会展览会由九月二十一日开会，在上野。新作品有和田英氏之《衣通媛》、冈田三郎助氏之《神话》、中泽弘光氏之《风景》、小林千古氏之《寺院之装饰》《巴里之色》《日本之色》等。

二叶会例会八月十二日开，在本乡麟祥院。出品之画，受赏者，一等，高桥广湖；二等，那须丰庆；三等，中仓玉翠。

日本绘叶书展览会由九月十八日开会。每日入场观览者，有五百余人，可云极盛。（绘叶书即邮政片加以绘画者。）

东京音乐学校音乐会十月二十八日开会。

（一）管弦合奏 Ouverture "IkhigeniainAulio"。

（二）合唱

　　（甲）光由东方；

　　（乙）墓前之母；

（丙）菊之杯。

（三）（甲）管弦合奏 Menuett；

（乙）弦乐合奏 Serenade。

（四）独唱 Oria。唱者，研究科女学生小室千笑。

（五）洋琴管弦合奏 Concerts。

（六）管弦合奏

（甲）Marchefunebre；

（乙）Sohengrin。

（七）唱歌、管弦合奏鞭声肃萧。

中国学堂课本之编撰

学堂用经传，宜以何时诵读，何法教授，始能获益？

吾国旧学，经传尚矣。独夫秦汉以还，门户攸分，人主出奴，波未已。逮及末流，或以笺注相炫，或以背诵为事。骛其形式，舍其精神。而矫其弊者，则又鄙经传若为狗，因噎废食，必欲铲除之以为快。要其所见，皆偏于一，非通论也。乃者学堂定章，特立十三经一科。迹其方法，笃旧已甚，迂阔难行，有断然者。不佞沉研兹道有年矣，姑较所见，以着于篇。知言君子，或有取于是焉。

（甲）区时。我国旧俗，乳臭小儿，入塾不半稔，即授以《学》《庸》。夫《大学》之道，至于平天下，《中庸》之道极于无声臭，岂弱龄之子所及窥测！不知其不解而授之，是大愚也。知其不解而强授之，是欺人也。今别其次序，区时为三：一蒙养，授十三经大意。此书尚无编定本，宜由通人撮取经传纲领总义，编辑成书。文词尚简浅，全编约三十课。每课不逾五十字，俾适合于蒙养之程度。凡蒙学堂末一年用之，每星期授一课，一年可读毕三十课，示学者以经传之门径。二小学，授《孝经》《论语》《尔雅》。《孝经》为古伦理学，虽于伦理学全体未完备，然其程度适合小学。

《论语》为古修身教科书，于私德一义，言之綦翔。庄子称"孔子内圣之道在《论语》"，极有见。《尔雅》为古辞典，为小学必读之书。读此再读古籍，自有左右逢源之乐。三中学，授《诗》《孟子》《书》《春秋》三《传》、三《礼》《易》《中庸》。《诗经》为古之文集（章诚斋《诗教篇》翔言之）。有言情、达志、敷陈、讽谕、抑扬、涵泳诸趣意，宜用之为中学唱歌集。其曲谱取欧美旧制，多合用者。（余曾取《一剪梅》《喝火令》《如梦令》诸词，填入法兰西曲谱，亦能合拍。可见乐歌一门，非有中西古今之别。）如略有参差，则稍加点窜，亦无不可。欧美曲谱，原有随时编订之例，毋待胶柱以求也。《孟子》于政治、哲学佥有发明。近人有言曰："举中国之百亿万群书，莫如《孟子》"，持论至当。《书经》为本国史，《春秋》三《传》为外交史，皆古之历史也。刘子元判史体为六家，而以《尚书》《春秋》《左传》列焉，可云卓识。三《礼》皆古制度书，言掌故者所必读。晰而言之，《周礼》属于国，《仪礼》属于家，《礼记》条理繁富，不拘一格，为古学堂之普通读本。此其异也。若夫《易经》《中庸》，同为我国古哲学书。汉儒治《易》喜言数，宋儒治《易》喜言理。然其立言，皆不无偏宕，学者宜会通观之。《中庸》自《汉书·艺文志》裁篇别出，后世刊行者皆单行本。其理想精邃，决非小学所能领悟，中学程度授之以此，庶几近之。

（乙）窜订。笃旧小儒，其斥人辄曰："离经叛道"，是谬说也。经者，世界上之公言，而非一人之私言。圣人不以经私诸己，圣人之徒不以其经私诸师。兹理至明，靡有疑义。后世儒者，以尊圣故，并尊其书。匪特尊其书，并其书之附出者亦尊之，故十三经之名以立。而扬雄作《法言》，人讥其拟《论语》；作《太玄》，人讥其拟《易》。王通作《六籍》，人讥其拟圣经。他若毛奇龄作《四书改错》，人亦讥其非圣无法。以为圣贤之言，亘万古，衺九垓，断无出其右者，且非后人可以拟议之者。虽然，前人尊其义，因重其文；后儒重其文，转舍其义。笺注纷出，门户互争。《大学》"明德"二字，汉儒据《尔雅》，宋儒袭佛典，其考据动数千言。秦延君说《尧典》篇目，两字之说十万言。说"曰若稽古"四字三万言。甚至一助词、一接续词之微，亦反复辩论，不下千言。一若前人所用一助词、一接续词，其间精义，已不可枚举。亦知圣贤之微言大义，断不在此区区文字间乎！矧夫晚近以还，新学新理，日出靡已，所当研究者何限，其理想超轶我经传上者又何限！而经传所以不忍遽废者，亦以国粹所在耳。一孔之儒，喜言高远，犹且故作伟论，强人以难。夫强人以难，中人以下之资，其教育断难普及，是救其亡，适以促其亡也。与其故作高论促其亡，曷若变通其法蕲其存！变通其法，舍删窜外无他求。删其冗复，存其精义；窜其文词，易以浅语，此删窜之法也。若夫经传授受之源流，古今经师之家法，诸儒笺注之异同，必一一研究，最足害学者之脑力，是求益适以招损。今编订经传释义，皆以通行之注释为准，凡异同之辨，概付阙如，免淆学者之耳目。此订正之法也。

《孝经》《论语》皆小学教科书，删其冗复，存者约得十之六七。易其章节体为问答体（如近编之《地理问答》《历史问答》之格式是）。眉目清晰，条理井然，学者读之，自较章节体为易领会。唯近人编辑问答教科书，其问题每多影响之处。答词不能适如其的，不解名学故也。脱以精通名学者任编辑事，自无此病。

《尔雅》前四篇，鲜可删者，其余凡有冷僻名词不经见者，宜酌为删去。原文简明，甚便初学，毋俟润色。《尔雅图》，可以助记忆之力，宜择其要者补入焉。

《诗经》作唱歌用，体裁适合，无事删润。

《孟子》亦宜改为问答体，删润其原文，以简明为的。近人《孟子微》，颇有新意，可以参证。

《尚书》原文，最为奥衍。宜用问答体，演成浅近文字。

《春秋》三《传》，唯《左传》纪事最为翔实。刘子元《申左篇》尝言之矣。今当统其事实之本末，编为问答体（或即用《左传纪事本末》为蓝本，而删润其文）。以为课本。其《公》《谷》二《传》，用纪事本末体，略加编辑，作为参考书。

近人孙诒让撰《周礼政要》，取舍綦当，比附亦精，颇可用为教科书。近今学堂用者最多。唯论词太繁。宜总括大义，加以润色。每节论词，不可逾百字。

《仪礼》宜删者十之八，仅通大纲已足。《礼记》宜删者十之六。以上两种，皆用问答体。

我国言《易》《中庸》，多涉理障。宜以最浅近文理，用问答体为之。日儒着《支那文明史》《支那哲学史》，言《易》理颇有精义，可以参证。

问答体教科书，欧日小学堂有用之者。我国今日既革背诵之旧法，而验其解悟与否，必用问答以发明。唯经传意义艰深，条理紊杂，以原本授学者，行问答之法，匪特学者不能提要钩元，为适合之答词，即教者亦难统括大意，为适合之问题。（今约翰书院读《书经》《礼记》《孟子》《论语》等，佥用原本教授，而行问答之法。教者、学者两受其窘。）吾谓，编辑经传教科书，泰半宜用问答体，职是故也。

乌乎，处今日之中国，吾不敢言毁圣经，吾尤不忍言尊圣经。曷言之？过渡时代，青黄莫接。向之圣经，脱骤弃之若敝屣，横流之祸，吾用深惧。然使千百稔后，圣经在吾国犹如故，而社会之崇拜圣经者，亦如故。是尤吾所恫心者也。不观英儒颉德之言乎："物不进化，是唯母死。死也者，进化之母。其始则优者胜，劣者死，厥后最优者出。向所谓优者，亦寝相形而劣而死。其来毋始，其去毋终。递嬗靡已，文化以进。"我族开化早于他国，二千稔来，进步盖鲜。何莫非圣经不死有以致之欤！一孔之士，顾犹尊之若鬼神，宝之若古董，譬诸日月经天，江河行地。是亦未审天演之公例也。前途茫茫，我忧孔多。撰《学堂用经传议》既竟，附书臆见如此。愿与大雅宏达共商榷焉。

乾始能以美利利天下论

　　《易》云："乾始能以美利利天下。"吾盖三复其词，而叹天之生材，有利于天下者，固不乏也，况美利乎！而今天下之美利，莫外于矿产，而中国之矿产，尤盛于他国。今山东之矿已为他人所笼。山西之矿，亦为西商所觊。若东三省之金，湖南、四川、云南，以及川滇界夷地番地之五金煤炭，最为丰饶。他省亦复不少。

　　……有矿之处，宜由绅商公议，立一矿学会。筹集斧资，公举数人出洋，赴矿学堂学习数年，学成回华，再议开采。察矿之质性，而后采矿。能不用西师固善，即仍用西师，我亦可辨其是非而不为所欺。……中国近年来部库空虚，司农几乎束手，而实逼处此，又不能不勉强支持。以故款愈绌而事愈多，事愈多而费愈重。除军警之饷需、文武之廉俸、各局厂委员司事之薪水、工食诸正款概不计算外，他若修铁路也、立学堂也、定造兵轮、购办枪炮，以及子弹火药也，种种要需，均属万不得已。

　　……扼要之图，厥有四事：

　　一曰习矿师。开矿之法，识苗为先。当日所延矿师，半系外洋无赖，夸张诡诈，愚弄华人，婪薪俸数万金，事后则飘然竟去。滇南延诸日本，受弊亦同。必须令出洋学生专门学习，参以西法，精心考验，明试以功，斯则卝人之选也。

二曰集商本。近日集股之事，闻者咸有戒心。苟有亏蚀，查究着偿。股票由商部印行，务使精美，不能作伪，乃能取信于民也。

三曰弭事端。众逾千人，派兵弹压，并矿丁团练，以防未然。秩之崇卑，视矿之大小，督抚兼辖。矿政如盐政之例，以一事权。矿中危险颇多，仍参仿西国章程办理。

四曰征税课。矿税不能定额，情形时有变迁，宜略仿泰西二十分抽一，信赏必罚，酌盈剂虚，因时制宜，随地立法。事之济否，首在得人矣。

……盖以士为四民之首，人之所以待士者重，则士之所以自待者益不可轻。士习端而后乡党视为仪型，风俗由之表率。务令以孝悌为本，才能为末。器识为先，文艺为后。

图画修得法

我国图画，发达盖章。黄帝时史皇作绘，图画之术，实肇乎是。是周聿兴，司绘置专职，兹事浸盛。汉唐而还，流派灼著，道乃烈矣。顾秩序杂，教授鲜良法，浅学之士，靡自窥测。又其涉想所及，狃于故常，新理眇法，匪所加意，言之可为于邑。不佞航海之东，忽忽逾月，耳目所接，辄有异想。冬夜多暇，掇拾日儒柿山、松田两先生之言，间以己意，述为是编。夫唯大雅，倘有取于斯欤？

第一章　图画之效力

浑浑圆球，汶汶众生，洪荒而前，为萌为芽，吾靡得而论矣。迨夫社会发达，人类之思想浸以复杂。而达兹思想者，厥有种种符号。思想愈复杂，符号愈精密。其始也蟠屈其指，作式以代，艰苦万状，阙略滋繁。厥后代以语言，发为声响，凡一己之思想感情，金能婉转以达之，为用便矣。然范围至狭，时间綦促，声响飘忽，霎不知其所极，其效用犹未为完全也。于是制文字、尚纪录，传诸久远，俾以不朽。虽然社会者，经岁月而愈复杂者也。吾人之思想感情，亦复杂日进，殆鲜底止，而语言文字之功用，有时或穷。例如今有人千百，状人人殊。必一一形容其姿态服饰，纵声之舌、笔之书，匪涉冗长；即病疏略，殆犹不毋遗憾。而所以弥兹遗憾、济语言文字之穷者，是有道焉。厥道为何？曰唯图画。

图画者，为物至简单，为状至明确。举人世至复杂之思想感情，可以一览得之。挽近以还，若书籍、若报章、若讲义，非不佐以图画，匡文字语言之不逮。效力所及，盖有如此。

说者曰：图画者，娱乐的，非实用的。虽然，图画之范围綦广，匪娱乐的一端所能括也。夫图画之效力，与语言文字同，其性质亦复相似。脱以图画属娱乐的，又何解于语言文字？倡优曼辞独非语言，然则闻倡优曼辞，亦谓语言，属娱乐的乎？小说传奇独非文字，然则诵小说传奇，亦谓文字，属娱乐的乎？三尺童子当知其不然矣。人有恒言曰：言语之发达，与社会之发达相关系。今请易其说曰：图画之发达，与社会之发达相关系，蔑不可也。人有恒言曰：诗为无形之画，画为无声之诗。今请易其说曰：语言者，无形之图画，图画者，无声之语言，蔑不可也。若以专门技能言之，图画者，美术工艺之源本。脱疑吾言，曷鉴泰西？一千八百五十一年，英国设博览会，而英产工艺品居劣等。揆厥由来，则以竺守旧法故。爰憬然自省，定图画为国民教育必修科。不数稔，而英国制造品外观优美，依然震撼全欧。又若法国，自万国大博览会以来，不惜财力、时间、劳力，以谋图画之进步，置图画教育视学官，以奖励图画，而法国遂为世界大美术国。其他若美若日本，佥模范法国，其美术工艺，亦日益进步。夫一叶之绢，一片之木，脱加装饰，顿易旧观。唯技术巧拙，各不相捋，价值高下，爰判等差。故有同质同量之物，其价值不无轩轾者，盖有由也。匪直兹也，图画家将绘某物，注意其外形姑勿论，甚至构成之原理、部分之分解，纵极纤屑，靡不加意。故图画者可以养成绵密之注意，锐敏之观察，确实之知识，强健之记忆，著实之想象，健全之判断，高尚之审美心（今严冷之实利主义，主张审美教育，即美其情操，启其兴味，高尚其人品之谓也）。此图画之效力关系于智育者也。

若夫发审美之情操，图画有最大之伟力。工图画者其嗜好必高尚，其品性必高洁。凡卑污陋劣之欲望，靡不扫除而淘汰之，其利用于宗教、教育、道德上为尤著，此图画之效力关系于德育者也。又若为户外写生，旅行郊野，吸新鲜之空气，览山水之佳境，运动肢体，疏渝精气，手挥目送，神为之怡，此又图画之效力关系于体育者也。今举前所述者，括其大旨，表之如下：

图画之效力

实质上

普通之技能

专门之技能

形式上

智育上

德育上

体育上

第二章　图画之种类

图画之种类至繁綦赜，匪一言所可殚。然以性质上言之，判图与画为两种。若建筑图、制作图、装饰图模样等，又不关于美术工艺上者，有地图、海图、见取图（即示意图）、测量图、解剖图等，皆谓之图，多假器械补助而成之。若画者，不以器械补助为主。今吾人所习见者，若额面（即带框的画）、若轴物、若画帖，皆普通画也。又以描写方法上言之，判为自在画与用器图两种。凡知觉与想象各种之象形，假目力及手指之微妙以描写者，曰自在画。依器械之规矩而成者，曰用器图。之二者为近今最普通之名称。表其分类之大略如下：

图画

自在画

日本画：传自中国，颇多变化。今所存者，厥有数派。

土佐派

狩野派

南宗派

岸派

圆山派

四条派

浮世派

新派：汇集诸派，参以西洋画之长，谓之新派。

西洋画：明治十年后，欧洲输入者，流派颇繁，姑不具论。述其种类，大略如下：

铅笔画

擦笔画

钢笔画

水彩画

油绘

用器画

几何图

投影图

阴影图

透视图

第三章　自在画概说

一、精神法　吾人见一画，必生一种特别之感情。若者严肃，若者滑稽；若者激烈，若者和蔼；若者高尚，若者潇洒；若者活泼，若者沉着。凡吾人感情所由发，即画之精神所由在。精神者千变万幻，匪可执一以搦之者也。竹茎之硬直，柳枝之纤弱，兔之轻快，豚之鲁钝，其现象虽相反，其精神正以相反而见。殊于成心求之，真矣。故作画者必于物体之性质、常习、动作研核翔审，握管写，庶几近之。

二、位置法　论画与画面之关系曰位置法。普通之式，画面上方之空白，常较下方为多。特别之式，若飞鸟、轻气球等自然之性质偏于上方，宜于下方多留空白，与普通之式正相反。又若主位偏于一方，有一部歧出，其歧出之地之空白，宜多于主位。其他，向左方之人物，左方多空白；向右方之人物，右方多空白。位置大略，如是而已。

三、轮廓法　大宙万类，象形各殊。然其相似之点正复不少。集合相似之点，定轮廓法凡七种。

甲　竿状体　火箸、鞭、杖、棒、旗竿、钓竿、枪、笔、铅笔、帆樯、弓、矢、笛、锹、铳、军刀、筏乘等之器用；竹、蔺草、女郎花等之禾本类隶焉。

乙　正方体（立方平板体、长立方体属此类）　手巾、包袱、石板、书籍、书套、算盘、皮箱、箱子、方盒、砚台、笔袋、镜台、方圆章、方瓶、大盆、烟草盆、刷毛、尺、桥床、几、方椅、方凳、马车、汽车、汽船、军舰、帆船、衣服折等之器用；马、牛、鼠、鹿、猫、犬等之兽类隶焉。

丙　球（椭圆卵形属此类）　日、月、蹴球、达摩、假面、茶壶、茶碗、釜、地球仪、瓢帽、眼镜等之器用；桃、李、橘、梨、橙、柿、栗、枇杷、西瓜、南瓜、茄子、葫芦、水仙根、玉葱等之果实野菜类；鸠、家鸭、莺、燕、百舌、鹤、雀、鹭等之鸟类；各种之花类；有姿势之兔、鼠、金鱼、龟、茧等隶焉。

丁　方柱　道标、桥栏、邮筒、书箱、纪念碑、五重塔、阶段、家屋等隶焉。

戊　方锥　亭、街灯、金字塔、炭斗或家屋、建筑物等隶焉。

己　圆柱　竹筒、印泥盒、饭桶、灯笼、鼓、手卷、千里镜、笔筒等之器用类；乌瓜、丝瓜、胡瓜、白瓜、萝卜、藕、菱豆等之野菜类；鳅、鳗、鲇等之鱼类隶焉。

庚　圆锥　独乐、喇叭、笠、伞、蜡烛、桶、洋灯、杯、壶、臼、杵、锥、锚、电灯罩等隶焉。

又有结合七种之形态，成多角体之轮廓。凡花草、虫鱼、鸟兽、人物、山水等，属此类者甚多。

本文一九〇五年秋作于日本东京

行已有耻使于四方不辱君命论

间尝审时度势，窃叹我中国以仁厚之朝，而出洋之臣，何竟独无一人能体君心而达君意者乎？推其故，实由于行已不知耻也。《记》曰："哀莫大于心死。"心死者，诟之而不闻，曳之而不动，唾之而不怒，役之而不惭，刲之而不痛，糜之而不觉。则不知耻者，大抵皆心死者也。其行不甚卑乎！

……然而我中国之大臣，其少也不读一书，不知一物，以受搜检。抱八股韵，谓极宇宙之文。守高头讲章，谓穷天人之奥。是其在家时已忝然无耻也。即其仕也，不学军旅，而敢于掌兵。不识会计，而敢于理财。不习法律，而敢于司理。瞽聋跛疾，老而不死；年逾耄颐，犹恋栈豆。接见西官，栗栗变色。听言若闻雷，睹颜若谈虎。其下焉者，饱食无事，趋衙听鼓，旅进旅退，濡濡若驱群豕，曾不为耻。

是其行已如是。一旦衔君命，游四方……见有开矿产者，有习格致者，有图制作者，彼将曰区区小道，吾儒不屑为也。其实彼则不识时务者也。……此所以辱君命者。然则所耻者何？亦耻己之所不能者耳。己之所不能者，莫如各国之时务。首考其地理，次问其风俗，继稽夫人心。又必详察夫天文，观其分野而知其地舆。今日者，人臣苟能于其所不能而耻者……使于四方，又何至贻强邻之讪笑，而辱于君命乎？

吾尝考之：苏武使匈奴，匈奴欲降之，武不从，置窖中六日，武啮雪得不死。又迁之北海，卒不屈。是其不辱君命，非其行已有耻故乎！……虽羞恶之心，人皆有之。而何以今天下安于城下之辱，陵寝之蹂躏，宗社之震恐，边民之涂炭，而不思一雪，乃托虎穴以自庇。求为小朝廷，以乞旦夕之命，非明明无耻乎？朝睹烽燧，则苍黄瑟缩；夕闻和议，则歌舞太平。其人犹谓为有耻不得也。

春柳社演艺部专章

报章朝刊一言，夕成舆论。左右社会，为效迅矣。然与目不识丁者接，而用以穷。济其穷者，有演说，有图画，有幻灯（即近时流行影戏之一种）。第演说之事迹，有声无形；图画之事迹，有形无声；兼兹二者，声应形成，社会靡然而向风，其唯演戏欤！晚近号文明者，曰欧美，曰日本。欧美优伶，靡不向学，博洽多闻，大儒愧弗及，日本新派优伶泰半学者，早稻田大学文艺协会有演剧部，教师生徒，皆献技焉。夫优伶之学行有如是，而国家所以礼遇之者亦至隆厚，如英王、美大统领之于亨利阿文格。（氏英人，前年死，英王、美大统领皆致词吊唁，葬遗骸于寺院。生时曾授文学博士与法律博士学位。）日本西园寺侯之于中村芝翫辈（今年二月，西园寺侯宴名优芝翫辈十余人于官邸，一时传为佳话）。皆近事卓著者。吾国倡改良戏曲之说有年矣，若者负于赀，若者迷诸途，虽大吏提倡之，士夫维持之，其成效卒莫由睹。走辈不揣梼昧，创立演艺部，以研究学理，练习技能为的。艺界沉沉，曙鸡晓晓，勉旃同人，其各兴起！息霜诗曰："誓渡众生成佛果，为现歌台说法身。"愿吾同人共矢兹志也。专章若干则如右：

一、本社以研究各种文艺为目的，创办伊始，骤难完备。兹先立演艺部，改良戏曲，为转移风气之一助。

二、演艺之大别有二：曰新派演艺（以言语动作感人为主，即今欧美所流行者）。曰旧派演艺（如吾国之昆曲、二黄、秦腔、杂调皆是）。本社以研究新派为主，以旧派为附属科（旧派脚本故有之词调，亦可择用其佳者，但场面、布景必须改良）。

三、本社无论演新戏、旧戏，皆宗旨正大，以开通智识、鼓舞精神为主。偶有助兴会之喜剧，亦必无伤大雅，始能排演。

四、舞台上所需之音乐、图画及一切装饰，必延专门名家者，平日指导，临时布置，事后评议，以匡所不逮。

五、本社创办伊始，除醵资助赈、助学外，唯本社特别会事（如纪念、恳亲、送别之类），可以演艺，用佐余兴。若他种团体有特别集会，嘱托本社演艺，亦可临时决议。至寻常冠婚庆贺琐事，本社员虽以个人资格，亦不得受人请托，滥演新戏，以蹈旧时恶习。

六、本社所出脚本，必屡经社员排演后，审定合格，始传习他人，出版发行。所有版权，当于学部、民政部禀明存案，严防翻刻。

七、入社者分三种：

甲、正社员。凡愿担任演艺事务，及有志练习者属之。

乙、协助社员。凡捐助本社经费，或任各职务者属之（凡正社员、协助员，本社均备有徽章。唯现在经费未充，所有徽章价值，乞各社员自给）。

丙、名誉赞成员。凡中外士人，赞成本社宗旨，扶持本社事务者属之。

九、本社临演艺之时，或有人愿扮脚色，与赞助其他各执事者，虽平日未入本社，但有社员绍介，本社即当以客员相待。赞助本社出版事业，无论翻译、撰述或承赠书画及写真等，有裨于本社之印刷物者，亦皆以客员相待，概不收会费。

十、应办之事，约分二类。

1. 演艺会。每年春秋开大会二次，此外或开特别会临时决议（开会时，正社员、协助员皆佩徽章入场，另呈赠特别优待券二枚，以备家族观览。客员、名誉赞成员，各呈赠特别优待券一枚。）

2. 出版部。每年春秋刊行杂志二册（或每季一册，另有专章）。又，随时刊行小说、脚本、绘叶书各种（凡正社员、协助员、客员、名誉赞成员，所有本社出版物，每种皆呈赠一份。）

十一、无论社员、客员、名誉赞成员，于本社事务有特别劳绩者，本社公同商决，当认为优待员，敬赠特别勋章一枚，以答高义。更须公议，以本社印刷物若干，为相当之酬报（仅捐资者，不在此例）。

十二、正社员每月须出社费二元以下，三十钱以上（均于阳历每月初交本社会计处）。协助员愿按月捐助与否随意。

十三、春柳社事务所暂设于东京下谷区泡之端七轩町二十八番地钟声馆。若有寄信件者，请直达钟声馆，由本社编辑员李岸收受不误。

此专章已经同人公认，应各遵守。其有未能详审处，当随时商酌改定。

呜呼！词章！

本文一九〇五年秋作于日本东京，后收入李叔同编辑的《音乐小杂志》

予到东后，稍涉猎日本唱歌，其词意袭用我古诗者，约十之九五（日本作歌大家，大半善汉语）。我国近世以来，士习帖括、词章之学，金蓖视之。挽近西学除入，风靡一时，词章之名辞几有消灭之势……迨见日本唱歌，反啧啧称其理想之奇妙，凡我古诗之唾余，皆认为岛夷所固有，既出冷于大雅，亦贻笑于外人矣（日本学者皆通《史记》《汉书》，昔有日本人举"史""汉"事迹置诸吾国留学生，而留学生茫然不解其所谓，且不知《史记》《汉书》为何物，至使日本人传为笑柄）。

近世欧洲文学之概观

中世古典派文学（Classic）瑰伟卓绝，磅礴大宇，及十八世纪初期，其势力犹不少衰。操觚簪笔家金据是为典则。其后承法兰西革命影响，而热烈真挚之诗风，乃发展为文艺界一大新思潮，即传奇派（Romantic）是。迨至十九世纪，基于自己之进步，现实观之发达，乃更尚精致之描写，及确实之诗材，而写实主义与自然主义遂现于十九世纪后半期。及夫末叶，反动力之新理想派，乃萌芽于欧洲。

以上其概略。更分述之如左（下）：

第一章　英吉利文学

当十八世纪之末叶，冷索单调之诗文，浸即衰废。研究古诗民谣者日益众，故其文学富于清新之趣。至一七九八年 W. Wordsworth 与 S. T. Coleridge 合著之《抒情诗集》（《Lyrical Bollades》）乃现于世。两氏唱诗文之革新，为真挚文学之先驱，世称为近世诗学之祖，又谓一七九八年为英吉利文学诞生之年。W. Wordsworth（1770—1850）之作品不炫奇异，然清新高远，热情奔放为其特长。S. T. Coleridge（1772—1834）学问深邃，思想幽渺，且具锐利之批评眼，其作品以格调之真挚、押韵之自由为世所叹赏，门人友戚受彼之感化者甚众。

其后 Walter Scott（1771—1832）、George Gordon Byron（1778—1824）两大家出。Scott 有戏曲的天才，其文雄健，其诗丰丽，为历史小说之祖。Byron 之诗，久传诵于世界大陆，近世文学颇受其感化。Byron 氏贫困又苦于家室之累，因于一八二四年去故国，投希腊独立军，遂死其地。

Percy Bysshe Shelley（1792—1822）亦因教权之压抑，避居南欧，为薄命理想之诗人。其作品幽婉高妙，且示神秘之倾向。

承大革命影响之诗风，止于 Shelley。其时又有以卓绝之才识开辟一新诗风者，即 John Keats（1795—1821）是。Keats 氏所著之诗，凡古典之精神及绚烂之色彩，两者兼备。故外形内容皆纯洁完美，无毫发憾。

Alfred Tennyson（1809—1892），世称为十九世纪集大成之诗家。其名著《The Princess》（1847 年出版）、《In Memoriam》（1850 年出版）、《Idylls of the King》（1859 年出版）为世所传诵。

Robert Browning（1812—1889）与 Tennyson 齐名，以笔力之怪郁、涉相之高峻称于世。

此外 Dante Gabriel Rossetti（1828—1882）及 William Morris（1834—1896）共于绘画界受 Pre-Raphaelitism 派之感化。其抒情诗篇，写中古之趣味及敬虔之信念。

Algernan Charles Swinburne（1837—1909），亦属此派，学问深邃，以诗歌之形式美，卓绝于现代之文坛。

本世纪之小说界，Scott 颇负盛名，至 Victoria 时代，Charles Dickens（1812—1870）及 William Makepeace Thackeray（1811—1863）两大家出，前者善描写市街之光景及下民之状态，后者善以轻妙之语调描写上流绅士社会之表里，共于小说界放一异彩。

George Eliot（1816—1880）及 Charles Kingslay（1819—1875）亦以思

想之高远与语调之雄浑名于时。至最近 Stavanson（1850—1894）以劲健洒脱之文体，作美文小说。Meradith（1828—1909）以高远之思想，精微之观察，雄飞于现代文坛。其他，Charles Lemb（1775—1834）、De Quincey（1785—1859），共以独特之散文、随笔负盛名。

至本世纪之中叶，英吉利批评大家有 Carlyle 及 Macaulay，其后Ruskin、Arnold、Pater、Symonds 等相继兴起，为评论界放灿烂之光彩。

Carlyle（1791—1881），思想雄浑，笔力遒劲，著有《英雄崇拜论》（《Hero Worship》）传诵一时。彼始于文艺批评，其后渐进于社会批评、文明批评之方面。

Macaulay（1800—1859），其前半生为政界之伟人，作印度帝国之基础；后半生为批评家，执评坛之牛耳。其大作《英吉利史》为不朽之名著。

Ruskin（1819—1900），世称为十九世纪之预言家，于英吉利为美术评论之先辈。其代表之大作为《近世画家论》（《Mordern Painters》），力持自然主义，为美术界所惊叹。此外，研究艺术之著述有《建筑七灯》（《The Seven Lamp Architecture》）等，评论正确，文章亦幽丽可诵。

Arnold（1820—1888），思想雄大高峻，且富于雅趣，实在 Ruskin 之上。一八六五年出版之《批评论集》（《Essays in Criticism》）为其代表作。

以上所述之 Ruskin 及 Arnold 二氏，为十九世纪中叶以后批评坛之代表。

Pater（1839—1894），精于修辞，其文体足冠近代。著有《文艺复兴史之研究》（《Studies in the History of Renaissance》）。关于文学美术，研究精审，颇多创解。

Symonds（1840—1893）与 Pater 同精于文艺复兴期之研究，著有《意大利文艺复兴论》（《The Renaissance in Italy》）。Symonds 氏于评论文学美术外，兼及于政治宗教之方面。

十九世纪剧坛名家，以 Pinero（1855）、Henry、Arthur Johns（1851）、

Shaw(1856）等最负盛名。

　　此文原有多章，因《白阳》只出诞生号一期，故仅刊出《英吉利文学》第一章，余已散失。

本文一九一三年春作于杭州浙江一师

释美术

　　兹有告者，游艺会节目，分手工部为美术手工、教育手工、应用手工，云云。似未适当。某君评语，"手工宜注意恩物一门，勿重美术"，是亦分手工恩物与美术为二，似为不妥。西学入中国，新名词日益繁，或袭日本所译，或由学者所订，其能十分适当者，盖鲜。学子不识西字，仅即译名之字义，据为定论者，姑无论已。或深知西字，而于原字种种之意义，及种种之界限，未能明了，亦难免指鹿为马也。美术之字义，西儒解释者众，然多幽玄之哲理。非专门学者，恒苦不解。今姑从略。请以通俗之说，述之如下：

　　美，好也，善也。宇宙万物，除丑恶污秽者外，无论天工、人工，皆可谓之美术。日月霞云，山川花木，此天工之美术也；宫室衣服、舟车器什，此人工之美术也。天无美术，则世界浑沌；人无美术，则人类灭亡。泰古人类，穴居野处，迄于今日，文明日进。则美术思想有以致之。故凡宫室衣服，舟车器什，在今日，几视为人生所固有，而不知是即古人美术之遗物也。古人既制美术之物，遗我后人。后人摹造之，各竭其心思智力，补其遗憾，日益精进，互以美术相竞争。美者胜，恶者败，胜败起伏，而文明以是进步。故曰，美术者，文明之代表也。观英、法、德诸国，其政治、军备、学术、美术，皆以同一之程度，进于最高之位置。彼目美术为奢华，为淫艳、为外观之美者，是一孔之见，不足以概括美术二字也。

综而言之，美术字义，以最浅近之言解释之，美，好也；术，方法也。美术，要好之方法也。人不要好，则无忌惮；物不要好，则无进步。美术定义，如是而已！

以手制物，谓之手工。无术不能成。恩物亦手工中之一门，以手制造者，故恩物亦无术不能成。此固尽人皆知，非仆所强为牵合者。手工恩物既无术不能成，而独晓晓以重美术为戒，夫万物公例无中立，嗜美嗜恶，必居其一。不重美术，将以丑恶污秽为贵乎，仆知必不然也。

以上所解释美术者，虽属广义，然仆敢断定，手工恩物为应用美术之一种，此固毫无疑义者也。

美术之定义与界限，以上所言者，不过十之二三。他日有暇，当撰完全之美术论，以备足下参考。

◎

诗词曲赋

李叔同

文学精品选

《护生画集》配诗

众　生

是亦众生，
与我体同。
应起悲心，
怜彼昏蒙。
普劝世人，
放生戒杀；
不食其肉，
乃谓爱物。

生的扶持

一蟹失足，
二蟹持扶。

物知慈悲，
人何不如！

今日与明朝

日暖春风和，
策杖游郊园。
双鸭泛清波，
群鱼戏碧川。
为念世途险，
欢乐何足言？
明朝落网罟，
系颈陈市廛。
思彼刀砧苦，
不觉悲泪潸。

儿戏（其二）

教训子女，
宜在幼时。
先入为主，
终身不移。
长养慈心，
勿伤物命。
充此一念，
可为仁圣。

沉　溺

莫谓虫命微，

沉溺而不援。

应知恻隐心，

是为仁之端。

暗杀（其一）

若谓青蝇污，

挥扇可驱除。

岂必矜残杀，

伤生而自娱。

决别之音

落华辞枝，

夕阳欲沉。

裂帛一声，

凄入秋心。

生离欤？死别欤？

生离尝恻恻，

临行复回首。

此去不再还，

念儿儿知否？

倘使羊识字……

倘使羊识字，
泪珠落如雨。
口虽不能言，
心中暗叫苦。

乞　命

吾不忍其觳觫，
无罪而就死地。
普劝诸仁者，
同发慈悲意。

农夫与乳母

忆昔襁褓时，
尝啜老牛乳。
年长食稻粱，
赖尔耕作苦。
念此养育恩，
何忍相忘汝？

西方之学者，
倡人道主义。
不啖老牛肉，
淡泊乐蔬食。

卓哉此美风，
可以昭百世。

示　众

景象太凄惨，
伤心不忍睹。
夫复有何言，
掩卷泪如雨。

喜庆的代价

喜气溢门楣，
如何惨杀戮。
唯欲家人欢，
哪管畜生哭。

残废的美

好花经摧折，
曾无几日香。
憔悴胜残枝，
明朝弃道旁。

生　机

小草出墙腰，

亦复饶佳致。
我为劝灌溉，
欣欣有生意。

囚徒之歌

人在牢狱，
终日愁欷。
鸟在樊笼，
终日悲啼。
聆此哀音，
凄入心脾。
何如放舍，
任彼高飞。

投　宿

夕日落江渚，
炊烟起村野。
小鸟亦归家，
殷殷恋旧主。

雀巢可俯而窥

人不害物，
物不惊扰。
犹如明月，

众星围绕。

诱　杀

水边垂钓，
闲情逸致。
是以物命，
而为儿戏。
刺骨穿肠，
于心何忍。
愿发仁慈，
常起悲悯。

倒　悬

始而倒悬，
终以诛戮。
彼有何辜，
爱此荼毒！
人命则贵，
物命则微。
汝自问心，
判其是非。

老陆稿荐

见其生不忍见其死，

闻其声不忍食其肉。

应起悲心，

勿贪口腹。

开　棺

恶臭陈秽，

何云美味。

掩鼻伤心，

为之坠泪。

智者善思，

能勿悲愧。

昨晚的成绩

是为恶业，

何谓成绩！

宜速忏悔，

痛自呵责。

发起善心，

勤修慈德。

惠而不费

勿谓善小，

不乐为之。

惠而不费，

亦曰仁慈。

醉人与醉蟹

肉食者鄙，
不为仁人。
沉复饮酒，
能令智昏。
誓于今日，
改过自新。
长养悲心，
成就慧身。

忏　悔

人非圣贤，
其孰无过？
犹如素衣，
偶著尘浣。
改过自新，
若衣拭尘。
一念慈心，
天下归仁。

冬日的同乐

盛世乐太平，

民康而物阜。
万类咸喁喁,
同浴仁恩厚。

昔日互残杀,
而今共爱亲。
何分物与我,
大地一家春。

短诗（三十二）

断　句

人生犹似西山日，
富贵终如草上霜。

步原韵和宋贞题《城南草堂图》

门外风花各自春，
空中楼阁画中身。
而今得结烟霞侣，
休管人生幻与真。

轮中枕上闻歌口占

子夜新声碧玉杯，

可怜肠断念家山。
劝君莫把愁颜破，
西望长安人未还。

感　时

杜宇啼残故国愁，
虚名况敢望千秋？
男儿若论收场好，
不是将军也断头。

津门清明

一杯浊酒过清明，
觞断樽前百感生，
辜负江南好风景，
杏花时节在边城。

赠津中友人

千秋功罪公评在，
我本红羊劫外身。
自分聪明原有限，
羞将后事论旁人。

登轮感赋

感慨沧桑变，
天涯极目时。
晚帆轻似箭，
落日大如箕。
风卷旌旗走，
野平车马驰。
河山悲故国，
不禁泪双垂。

赠谢秋云

风风雨雨忆前尘，
悔煞欢场色相因。
十日黄花愁见影，
一弯眉月懒窥人。
冰蚕丝尽心先死，
故国天寒梦不春，
眼界大千皆泪海，
为谁惆怅为谁颦？

望日歌筵

莽莽风尘□地遮，
乱头粗服走天涯。
樽前丝竹销魂曲，

眼底歌娱薄命花。
浊世半生人渐老，
中原一发日西斜。
只今多少兴亡感，
不独隋堤有暮鸦。

书　愤

文采风流四座倾，
眼中竖子遂成名。
某山某水留奇迹，
一草一花是爱根。
休矣著书俟赤鸟，
悄然挥扇避青蝇。
众生何用盱宵哭，
隐隐朝庭有笑声。

帘　衣

帘衣一桁晚风轻，
艳艳银灰到眼明。
薄幸吴儿心木石，
红衫娘子唤花名。
秋于凉雨燕支瘦，
春入离弦断续声。
后日相思渺何许？
芙蓉开花老石城。

重游小兰亭口占

重游小兰亭，风景依稀，心绪殊恶，口占二十八字题壁，时九月望前一日也。

一夜西风蓦地寒，
吹将黄叶上栏干。
春来秋去忙如许，
未到晨钟梦已阑。

春　风

春风几日落红堆，
明镜明朝向发催。
一颗头颅一杯酒，
南山猿鹤北山莱。
秋娘颜色娇欲语，
小雅文章凄以哀。
昨夜梦游王母国，
夕阳如血染楼台。

醉　时

醉时歌哭醒时迷，
甚矣吾衰慨风兮。
帝子祠前芳草绿，
天津桥上杜鹃啼。

空梁落月窥华发，
无主行人唱大堤。
梦里家山渺何处，
沉沉风雨暮天西。

昨 夜

昨夜星辰人倚楼，
中原咫尺山河浮。
沉沉万绿寂不语，
梨花一支红小秋。

初 梦

鸡犬无声天地死，
风景不殊山河非。
妙莲花开大五尺，
弥勒松高腰十围。
恩仇恩仇若相忘，
翠羽明珠绣两裆。
隔断红尘三万里，
先生自号水仙王。

《茶花女遗事》演后感赋

东邻有儿背佝偻，
西邻有女犹含羞。

蟪蛄宁识春与秋，
金莲鞋子玉搔头。

誓度众生成佛果，
为现歌台说法身。
孟旂不作吾道绝，
中原滚地皆胡尘。

无　题

黑龙王气黯然消，
莽莽神州革命潮。
甘以清流蒙党祸，
耻于亡国作文豪。

咏　菊

姹紫嫣红不耐霜，
繁华一霎过韶光。
生来未藉东风力，
老去能添晚节香。
风里柔条频捐绿，
花中正色自含黄。
莫言冷淡无知己，
曾有渊明为举觞。

题《梦仙花卉》横幅

梦仙大姐幼学于王韬园先辈，能文章诗词。又就灵鹣京卿学，画宗七芗家法而能得其神韵，时人以出蓝誉之。是画作于庚子九月，时余方奉母城南草堂，花晨月夕，母辄召大姐说诗评画。引以为乐，大姐多病，母为治药饵，视之如己出。壬寅荷花生日，大姐逝。越三年，母亦弃养。余乃亡命海外，放浪无赖。回忆曩日家庭之乐，唱和文雅，恍惚殆若隔世矣。今岁幻园姻兄示此幅索为题辞，余恫逝者之不作，悲生者之多艰，聊赋短什，以志哀思！

> 人生如梦耳，
> 哀乐到心头。
> 洒剩两行泪，
> 吟成一夕秋。
> 慈云渺天末，
> 明月下南楼。
> 寿世无长物，
> 凡青片羽留。

书示伯铨

> 世界鱼龙混，
> 天心何不平？
> 岂因时事感，
> 偏作怒号声。
> 烛尽难寻梦，
> 春寒况五更。

马嘶残月坠，
笳鼓万军营。

二月望日歌筵赋此叠韵

莽莽风尘窣地遮，
乱头粗服走天涯。
樽前丝竹销魂曲，
根底合欢薄命花。
浊世半生人渐老，
中原一发日西斜。
只今多少兴亡感，
不独隋堤有暮鸦。

五　绝

我到为植种，
我行花未开。
岂无佳色在？
留待后人来。

悬　梁

日暖春风和，
策杖游郊园。
双鸭泛清波，
群鱼戏碧川。

为念世途险，
欢乐何足言？
明朝落纲罟，
系颈陈市廛。
思彼刀砧苦，
不觉悲泪潜。

凄 音

小鸟在樊笼，
悲鸣音惨凄。
恻恻断肠语，
哀哀乞命词。
向人说困苦，
可怜人不知。
犹谓是欢娱，
娱情尽日啼。

母之羽

雏儿依残羽，
殷殷恋慈母。
母亡儿不知，
犹复相环守。
念此亲爱情，
能勿凄心否？

平和之歌

昔日互残杀，
今朝共舞歌。
一家庆安乐，
大地颂平和。

夫　妇

人伦有夫妇，
家禽有牝牡。
双栖共和鸣，
春风拂高柳。
盛世乐太平，
民康而物阜。
万类咸喁喁，
同浴仁恩厚。

蚕的刑具

残杀百千命，
完成一袭衣。
唯知求适体，
岂毋伤仁慈。

为老妓高翠娥作

残山剩水可怜宵，

慢把琴樽慰寂寥。

顿老琵琶妥娘曲，

红楼暮雨梦南朝。

人 病

人病墨未干，

南风六月寒。

肺枯红叶落，

身瘦白依宽。

入世儿侪笑，

当门景色阑。

昨宵梦王母，

猛忆少年欢。

朝游不忍池

凤泊鸾飘有所思，

出门怅惘欲何之？

晓星三五明到眼，

残月一痕纤似眉。

秋草黄枯菡萏国，

紫薇红湿水仙祠。

小桥独立了无语，

瞥见林梢升曙曦。

《续护生画集》题词

中秋同乐会

朗月光华，
照临万物。
山川草木，
清凉纯洁。
蠕动飞沉，
团黻和悦。
共浴灵辉，
如登乐国。

鹬蚌相亲

世间有渔翁，
鹬蚌始相争。

若无杀生者，
鹬蚌自相亲。

归　市

尔不害物，
物不害尔。
杀机一去，
饥虎可尾。

凤在列树

凤鸟来仪，
兵戈不起。
偃武修文，
万邦庆喜。
凤兮凤兮，
何德之美。

《滑稽列传》题词四绝

淳于髡

斗酒亦醉石亦醉，
到心惟作平等观。
此中消息有盈朒，
春梦一觉秋风寒。

优 孟

中原一士多奇姿，
纵横宇合卑莎维。
人言毕肖在须眉，
茫茫心事畴谁知？

优 旃

婴武伺人工趣语，
杜鹃望帝凄春心。
太平歌舞且抛却，
来向神州伤陆沉。

东方朔

南山豆苗肥复肥，
北山猿鹤飞复飞。
我欲蹈海乘风归，
琼楼高处斜阳微。

孤山归寓成小诗书扇
贻王海帆先生

文字联交谊，

相逢有宿缘。

（前年五月，南社同人雅集湖上，始识先生）

社盟称后学，

（先生长余三十二年）

科第亦同年。

（岁壬寅，余与先生同应浙江乡试，先生及第）

抚碣伤禾黍，

（今岁，余侍先生游孤山，先生抚古墓碑，视"皇清"二字未磨灭，感

喟久之）

怡情醉管弦。

（孤山归来，顾曲于湖上歌台）

西湖风月好，

不慕赤松仙。

（近来余视现世为乐土，先生也赞此说）

短词（十首）

清平乐·赠许幻园

城南小住，情适闲居赋。文采风流合倾慕，闭户著书自足。

阳春常驻山家，金樽酒进胡麻。篱畔菊花未老，岭头又放梅花。

老少年曲

梧桐树，西风黄叶飘。夕阳疏林杪，花事匆匆，零落凭谁吊？

朱颜镜里凋，白发愁边绕。一霎光阴底是催人老。有千金难买韶华好。

南浦月·北行留别海上同人

杨柳无情，丝丝化作愁千缕。惺松如许，萦起心头绪。

谁道销魂，尽是无凭据。离亭好，一帆风雨，只有人归去。

西江月·宿塘沽旅馆

残漏惊人梦里，孤灯对影成双。前尘渺渺几思量，只道人归是谎。
谁说春宵苦短，算来竟比年长。海风吹起夜潮狂，怎把新愁吹涨？

题陈师曾画荷花小幅

一花一叶，孤芳致洁。昏波不染，成就慧业。

师曾画荷花，昔藏余家，癸丑之秋以贻欣泉先生同学。今再展玩，为
缀小词。时余将入山坐禅，慧业云云，以美荷花，亦以是自劝也。丙辰
寒露。

废 墟

看一片平芜，家家衰草迷残砾。玉砌雕栏溯往昔，影事难寻觅。千古
繁华，歌休舞歇，剩有寒螀泣。

高阳台·忆金娃娃

十日沉愁，一声杜宇，相思啼上花梢。春隔天涯，剧怜别梦迢遥。
前溪芳草经年绿，只风情、辜负良宵。最难抛，门巷依依，暮雨萧萧。
而今未改双眉妩，只江南春老，红了樱桃。忒煞迷离，匆匆已过花朝。游
丝若挽行人驻，奈东风、冷到溪桥。镇无聊，记取离愁，吹彻琼箫。

喝火令·哀国民心之死也

故国鸣鸠鸽，垂杨有暮鸦。江山如画日西斜。新月撩人透入碧

窗纱。

陌上青青草，楼头艳艳花。洛阳儿女学琵琶。不管冬青一树属谁家。不管冬青树底影事一些。

满江红·民国肇造

皎皎昆仑山顶月，有人长啸。看囊底，宝刀如雪，恩仇多少？双手裂开鼷鼠胆，寸金铸出民权脑。算此生不负是男儿，头颅好！

荆轲墓，咸阳道；聂政死，尸骸暴。尽大江东去，余情还绕。魂魄化成精卫鸟，血花溅作红心草。看从今，一担好山河，英雄造！

金缕曲·赠歌郎金娃娃

江南秋老矣，忒匆匆，春余梦影，樽前眉底，陶写中年丝竹耳，走马胭脂队里，怎到眼都成余子？片玉昆山神朗朗，紫樱桃，慢把红情系，愁万斛，来收起。

泥他粉墨登场地，领略那英雄气宇，秋娘情味。雏凤声清清几许？销尽填胸荡气，笑我亦布衣而已。奔走天涯无一事，问何如声色将情寄？休怒骂，且游戏！

遇风愁不成寐

到津次夜，大风怒吼，金铁皆鸣，愁不成寐。

世界鱼龙混，
天心何不平？
岂因时事感，
偏作怒号声。
烛尽难寻梦，
春寒况五更。
马嘶残月堕，
笳鼓万军营。

和补园居士韵，又赠堉香

一

慢将别恨怨离居，
一幅新愁和泪书。
梦配扬州狂杜牧，
风尘辜负女相如。

二

马缨一树个侬家，
窗外珠帘映碧妙。
解道伤心有司马，
不将幽怨诉琵琶。

三

伊谁情种说神仙,
恨海茫茫本孽缘。
笑我风怀半消却,
年来参透断肠禅。

四

闲愁检点赋新诗,
岁月惊心鬓已丝。
取次花丛懒回顾,
休将薄幸怨微之。

赠语心楼主人二首

天末斜阳淡不红，
虾蟆陵下几秋风？
将军已死圆圆老，
都在书生倦眼中。

道左朱门谁痛哭，
庭前枯木已成围。
只今憔悴江南日，
不似当年金缕衣。

东京十大名士追荐会即席赋诗

之 一

苍茫独立欲无言，
落日昏昏虎豹蹲。
胜却穷途两行泪，
且来瀛海吊诗魂。

之 二

故国荒凉剧可哀，
千年旧学半尘埃。
沉沉风雨鸡鸣夜，
可有男儿奋袂来。

玉连环影·题陈师曾为夏丏尊画《小梅花屋图》

屋老，一树梅花小。住个诗人，添个新诗料。爱清闲，爱天然，城外西湖，湖有青山。

附：夏丏尊作金缕曲，自题《小梅花屋图》："已倦吹箫矣，走江湖，饥来驱我，嗒伤吴市。租屋三间如艇小，安顿妻孥而已。笑落魄萍踪如寄，竹屋竹窗清欲绝，有梅花慰我荒凉意。自领略，枯寒味。此生但得三弓地，筑蜗居，梅花不种，也堪贫死。湖上青山青到眼，摇荡烟光眉际，只不是家乡山水。百事输人华发改，快商量，别作收场计。何郁郁，久居此？"

菩萨蛮·忆杨翠喜二首

一

燕支山上花如雪，燕支山下人如月。额发翠云铺，眉弯淡欲无。
夕阳微雨后，叶底秋痕瘦；生小怕言愁，言愁不耐羞。

二

晓风无力垂杨懒，情长忘却游丝短。酒醒月痕低，江南杜宇啼。
痴魂销一捻，愿化穿花蝶。帘外隔花荫，朝朝香梦沉。

为沪学会撰《文野婚姻新戏》册既竟系之以诗

床笫之私健者耻，
为气任侠有奇女。
鼠子胆裂国魂号，
断头台上血花紫。

东邻有儿背佝偻，
西邻有女犹含羞。
蟪蛄宁识春与秋，
金莲鞋子玉搔头。

河南河北间桃李，
点点落红已盈咫。
自由花开八千春，
是真自由能不死。

誓度众生成佛果，

为现歌台说法身。

孟旃不作吾道绝，

中原滚地皆胡尘。

金缕曲·别友好东渡

　　披发佯狂走，莽中原，暮雅啼彻，几行衰柳。破碎河山谁收拾？零落西风依旧，便惹得离人消瘦。行矣临流重叹息，说相思，刻骨双红豆。愁黯黯，浓于酒。

　　漾情不断淞波溜，恨年来絮飘萍泊，遮难回首。二十文章惊海内，毕竟空谈何有？听匣底苍龙狂吼！长夜凄风眠不得，度众生那惜心肝剖？是祖国，忍孤负！

戏赠蔡小香四绝

眉间愁语烛边情，素手掺掺一握盈。
艳福者般真羡煞，佳人个个唤先生。

云髻蓬松粉薄施，看来西子捧心时。
自从一病恹恹后，瘦了春山几道眉。

轻减腰围比柳姿，刘桢平视故迟迟。
佯羞半吐丁香舌，一段浓芳是口脂。

愿将天上长生药，医尽人间短命花。
自是中郎精妙术，大名传遍沪江涯。

南南词·赠黄二南

　　在昔佛菩萨，趺坐赴莲池。始则拈花笑，继则南南而有辞。南南梦呗不可辨，分身应化天人师。或现比丘，或现沙弥，或现优婆塞，或现优婆夷。或现丈夫女子宰官诸相为说法，一一随意随化皆天机。

　　以之度众生，非结贪嗔病，色相声音空不染，法语喃喃尽皈依。春江花月媚，舞台妆演奇，偶逢南南君，南南是也非？听南南，南南咏昌霓；见南南，舞折枝。南南不知之，我佛行深般若婆罗蜜多时。

春游曲

之 一

春风吹面薄于纱，
春人妆束淡于画。
游春人在画中行，
万花飞舞春人下。

之 二

梨花淡白菜花黄，
柳花委地芥花香。
莺啼陌上人归去，
花外疏钟送夕阳。

题丁悚绘《黛玉葬花图》二首

收拾残红意自勤，
携锄替筑百花坟。
玉钩斜畔隋家冢，
一样千秋冷夕曛。

飘零何事怨春归？
九十韶光花自飞。
寄语芳魂莫惆怅，
美人香草好相依。

◎

歌 词

李叔同

文学精品选

短曲（二十二）

祖国歌

上下数千年，一脉延，文明莫与肩。

纵横数万里，膏腴地，独享天然利。

国是世界最古国，民是亚洲大国民。

呜呼，大国民，呜呼，唯我大国民！

幸生珍世界，琳琅十倍增声价。

我将骑狮越昆仑，驾鹤飞渡太平洋，谁与我仗剑挥刀？

呜呼，大国民，谁与我鼓吹庆升平？

大中华

万岁！万岁！万岁！赤县膏腴神明裔。

地大物博，相生相养，建国五千余岁。

振衣昆仑之巅，濯足扶桑之漪。

山川灵秀所钟，人物光荣永垂。

猗欤哉！伟欤哉！仁风翔九畿。

猗欤哉！伟欤哉！威灵振四夷！

万岁！万岁！万万岁！

忆儿时

春去秋来，岁月如流，游子伤漂泊。

回忆儿时，家居嬉戏，光景宛如昨。

茅屋三椽，老梅一树，树底迷藏捉。

高枝啼鸟，小川游鱼，曾把闲情托。

儿时欢乐，斯乐不可作。

儿时欢乐，斯乐不可作。

男儿（前调）

男儿自有千古，

莫等闲觑。

孔佛耶回精谊，

道毋陂岐。

发大愿作教皇，

我当炉冶群贤。

功被星球十方，

赞无数年。

留别（二部合唱）

满斟绿醑留君住，

莫匆匆归去！

三分春色二分愁，

更一分风雨。

花开花落都来几许，

且高歌休诉！

不知来岁牡丹时，

再相逢何处！

春郊赛跑

跑！跑！跑！

看是谁先到。

杨柳青青，

桃花带笑，

万物皆春，

男儿年少。

跑！跑！跑！

跑！跑！

锦标夺得了。

春游曲（三部合唱）

春风吹面薄于纱，

春人妆束淡于画。

游春人在画中行，
万花飞舞春人下。
梨花淡白菜花黄，
柳花委地芥花香。
莺啼陌上人归去，
花外疏钟送夕阳。

早　秋

十里明湖一叶舟，
城南烟月水西楼。
几许秋容娇欲流，
隔着垂杨柳。
远山明净眉尖瘦，
闲云飘忽罗纹绉。
天末凉风送早秋，
秋花点点头。

秋　夜

眉月一弯夜三更，
画屏深处宝鸭篆烟青。
唧唧唧唧，
唧唧唧唧，
秋虫绕砌鸣。
小簟凉多睡味清。

秋 感

（一）

黄沙烈烈吹南风，燕啄王孙将母同。洛阳门前铜驼泣，会见汝在荆棘中。

（二）

新亭名士泪沾衣，风景不殊江河非。金狄已去冬青死，犹有寒蝶东园飞。

悲 秋

西风乍起黄叶飘，

日夕疏林杪。

花事匆匆，梦影迢迢，

零落凭谁吊。

镜里朱颜，愁边白发，

光阴暗催人老。

纵有千金，纵有千金，

千金难买年少。

冬

一帘月影黄昏后，

疏林掩映梅花瘦。

墙角嫣红点点肥，

山茶开几枝。

小阁明窗好伴侣，

水仙凌波淡无语。

领头不改青葱葱，

犹有后凋松。

莺

喜春来日暖风和，

园林花放新莺啼。

喜春来日暖风和，

园林花放新莺啼。

听花间清音百啭，

呖呖呖呖。

听花间清音百啭，

呖呖呖呖。

呖，呖呖呖呖呖呖，

呖呖呖。

长 逝

看今朝树色青青，

奈明朝落叶凋零。

看今朝花开灼灼，

奈明朝落红飘泊。

唯春与秋其代序兮，

感岁月之不居。

老冉冉以将至，

伤青春其长逝。

幽　居

唯空谷寂寂，有幽人抱贞独。

时逍遥以徜徉，在山之麓。

抚磐石以为床，翳长林以为屋。

眇万物而达观，可以养足。

唯清溪沉沉，有幽人怀灵芬。

时逍遥以徜徉，在水之滨。

扬素波以濯足，临清流以低吟。

睇天宇之寥廓，可以养真。

挽　歌

月落乌啼，

梦影依稀，

往事知不知？

泊半生哀乐之长逝兮，

感亲之恩其永垂。

化　身

化身恒河沙数，

发大音声，

尔时千佛出世。

瑞霭氤氲，

欢喜欢喜人天。
梦醒兮不知年，
翻到四大海水，
象生皆仙。

人与自然界（三部合唱）

严冬风雪擢贞干，
逢春依旧郁苍苍。
吾人心志宜坚强，
历尽艰辛不磨灭，
惟天降福俾尔昌！
浮云掩星星无光，
云开光彩逾芒芒。
吾人心志宜坚强，
历尽艰辛不磨灭，
唯天降福俾尔昌！

爱

爱河万年终不涸，
来无源头去无谷。
滔滔圣贤与英雄，
天地毁时无终穷。
愿我爱国家，
愿国家爱我。
愿国家爱我，

灵魂不死者我。

婚姻祝辞

诗三百，

关雎第一。

伦理重婚姻，

夫妇制定家族成，

进化首人群。

天演界，

雌雄淘汰权力要平分。

遮莫说男尊女卑，

同是一般国民。

浙江第一师范学校校歌

人人代谢靡尽先后觉新民，

可能可能陶冶精神道德润心身。

吾侪同学负斯重任相勉又相亲，

五载光阴学与俱进磐固吾根本。

叶蓁蓁，木欣欣，

碧梧万枝新。

之江西，西湖滨，

桃李一堂春。

厦门市第一届运动会会歌

禾山苍苍，鹭水荡荡，国旗遍飘扬！

健儿身手，各显所长，大家图自强。

你看那，外来敌，多么披猖！

请大家想想，请大家想想，切莫再彷徨。

请大家，在领袖领导之下，把国事担当。

到那时，饮黄龙，为民族争光；

到那时，饮黄龙，为民族争光！

清凉歌五首

（一）清凉

清凉月，月到天心光明殊皎洁。今唱清凉歌，心地光明一笑呵。清凉风，凉风解愠暑气已无踪。今唱清凉歌，热恼消除万物和。清凉水，清水一渠涤荡诸污秽。今唱清凉歌，身心无垢乐如何。清凉，清凉，无上究竟真常。

（二）山色

近观山色苍然青，其色如蓝。远观山色郁然翠，如蓝成靛。山色非变，山色如故，目力有长短，山近渐远，易青为翠。自远渐近，易翠为青。时常更换，是山缘会。幻想现前，非幻翠幻，而青亦幻。是幻，是幻，万法皆然。

（三）花香

　　庭中百合花开，昼有香，香淡如，入夜来，香乃烈。鼻观是一，何以昼夜浓淡有殊别。自昼众喧动，纷纷俗务萦。目视色，俗务萦。目视色，耳听声，鼻观之力，分于耳目丧其灵。心清闻妙香，用志不分，乃凝于神，古训好参详。

（四）世梦

　　却来观世间，犹如梦中事。人生自少而壮，自壮而老。俄入胞胎，俄出胞胎，又入又出无穷已。生不知来，死不知去，蒙蒙然，冥冥然，千生万劫不自知。非真梦欤。枕上片时春梦中，行尽江南数千里。今贪名利，梯山航海，岂必枕上尔。庄生梦蝴蝶，孔子梦周公，梦时固是梦，醒时何非梦。旷大劫来，一时一刻皆梦中。破尽无明，大觉能仁，如是乃为梦醒汉，如是乃名无上尊。

（五）观心

　　世间学问义理浅，头绪多似易而反难。出世学问义理深，线索一虽难而似易，线索为何，现在一念心性应寻觅。试观心性，在内欤，在外欤，在中间欤，过去欤，现在欤，或未来欤，长短方圆欤，青黄赤白欤，觅心了不可得，便悟自性真常。是应直下信入，未可错下承当。试观心性，内外中间，过去现在未来，长短方圆，青黄赤白。

秋 夜

日落西山，一片罗云隐去。万种情怀，安排何处？却妆出嫦娥，玉宇琼楼缓步。天高气清，满庭风露。问耿耿银河，有谁引渡。四壁凉蛩，如来相语。尽遣了闲愁，聊共月华小住。如此良宵，人生难遇！

寒蝉吟罢，蓦然萤火飞流。夜凉如水，月挂帘钩。爱星河皎洁，今宵雨敛云收。虫吟侑酒，扫尽闲愁。听一枝长笛，有谁人倚楼。天涯万里，情思悠悠。好安排枕簟，独寻睡乡优游。金风飒飒，底事悲秋？

丰年（二部合唱）

（一）五日一风，十日一雨，太平乐利赓多黍。谷我妇子，娱我黄耇，欢腾熙洽歌大有。年丰国昌，惟天降德垂嘉祥。穰穰穰穰穰穰，惟天降德垂嘉祥。穰穰穰穰穰穰，岁复岁兮富康。岁复岁兮富康。

（二）我仓既盈，我庾惟亿，颂声载路庆丰给。万宝告成，万物生茂，跻堂称觞介眉寿。年丰国昌，惟天降德垂嘉祥。穰穰穰穰穰穰，惟天降德垂嘉祥。穰穰穰穰穰穰，岁复岁兮富康。岁复岁兮富康。

天风（二部合唱）

　　云瀛瀛，云瀛瀛，拥高峰。气葱葱，极宠吙。苍耸耸，苍耸耸，凌绝顶，侧足缥缈乘天风。咳唾生明珠，吐气嘘长虹。俯视培塿之垒垒，烟斑黛影半昏蒙。仰视寥廓之明明，天风回碧空。

　　淰洋洋，淰洋洋，浮巨溟。纷矇矇，纷矇矇，接苍穹。浪淘淘，浪淘淘，攒铓锋。扬泄汗漫乘天风。散发粲云霞，长啸惊蛟龙。俯视积流之茫茫，百川四渎齐朝宗。仰观寥廓之明明，天风回碧空。

　　天风荡吾心魄兮，绝于尘埃之外游神太虚。

　　天风振吾衣袂兮，超乎万物之表与世长遗。

我的国

（一）

东海东，波涛万丈红。朝日丽天，云霞齐捧，五洲惟我中央中。二十世纪谁称雄？请看赫赫神明种。我的国，我的国，我的国万岁，万岁，万万岁！

（二）

昆仑峰，缥缈千寻耸。明月天心，乘星环拱，五洲惟我中央中。二十世纪谁称雄？请看赫赫神明种。我的国，我的国，我的国万岁，万岁，万万岁！

三宝赞

（一）人天长夜，宇宙黯暗谁启以光明？三界火宅，众苦煎迫谁济以安宁？大悲大智大雄力；南无佛陀耶！昭朗万有，祍席群生，功德莫能名！今乃知，唯此是，真正归依处。尽形寿，献身命。信受勤奉行！

（二）二谛总持，三学增上恢恢法界身。净德既圆，染患斯寂荡荡涅槃城。众缘性空唯识现，南无达摩耶！理无不彰，蔽无不解，焕乎具大明。今乃知，唯此是，真正归依处。尽形寿，献身命。信受勤奉行！

（三）依净律仪，成妙和合灵山遗芳型。修行证果，弘法利世焰续佛灯明。三乘圣贤何济济？南无僧伽耶！统理人众，一切无碍，住持正法城。今乃知，唯此是，真正归依处。尽形寿，献身命。信受勤奉行！

月

仰碧空明明，朗月悬太清。

瞰下界扰扰，尘欲迷中道！

唯愿灵光普万方，荡涤垢滓扬芬芳。

虚渺无极，圣洁神秘，灵光常仰望！

唯愿灵光普万方，荡涤垢滓扬芬芳。

虚渺无极，圣洁神秘，灵光常仰望！

仰碧空明明，朗月悬太清。

瞰下界暗暗，世路多愁叹！

唯愿灵光普万方，拔除痛苦散清凉。

虚渺无极，圣洁神秘，灵光常仰望！

唯愿灵光普万方，拔除痛苦散清凉。

虚渺无极，圣洁神秘，灵光常仰望！

朝阳（男声四部合唱）

观朝阳耀灵东方兮，

灿庄严伟大之灵光。

彼长眠之空暗暗兮，

流绛彩以辉煌。

观朝阳耀灵东方兮，

灿庄严伟大之灵光。

彼冥想之海沉沉兮，

荡金波以飞扬。

唯神、唯神，

创造世界，

创造万物，

赐予光明，

赐予幸福无疆。

观朝阳耀灵东方兮，

感神恩之久长。

落 花

纷，纷，纷，纷，纷，纷……

惟落花委地无言兮，化作泥尘；

寂，寂，寂，寂，寂，寂……

何春光长逝不归兮，永绝消息。

忆春风之日暄，芳菲菲以争妍。

既乘荣以发秀，倏节易而时迁，春残。

览落红之辞枝兮，伤花事其阑珊，已矣！

春秋其代序以递嬗兮，俯念迟暮。

荣枯不须臾，盛衰有常数！

人生之浮华若朝露兮，泉壤兴衰；

朱华易消歇，青春不再来。

归燕（四部合唱）

几日东风过寒食，
秋来花事已阑珊。
疏林寂寂双燕飞，
低徊软语语呢喃。
呢喃，呢喃，
雕梁春去梦如烟，
绿芜庭院罢歌弦。
乌衣门巷捐秋扇，
树杪斜阳淡欲眠。
天涯芳草离亭晚，
不如归去归故山。
故山隐约苍漫漫。
呢喃，呢喃，
不如归去归故山。

晚钟（三部合唱）

大地沉沉落日眠，平墟漠漠晚烟残。

幽鸟不鸣暮色起，万籁俱寂丛林寒。

浩荡飘风起天杪，摇曳钟声出尘表。

绵绵灵响彻心弦，幽思凝冥杳。

众生病苦谁持扶？尘网颠倒泥涂污。

唯神悯恤敷大德，拯吾罪过成正觉；

誓心稽首永皈依，暝暝入定陈虔祈。

倏忽光明烛太虚，云端仿佛天门破；

庄严七宝迷氤氲，瑶华翠羽垂缤纷。

浴灵光兮朝圣真，拜手承神恩！

仰天衢兮瞻慈云，忽现忽若隐。

钟声沉暮天，神恩永存在。

神之恩，大无外！

哀祖国

小雅尽废兮，
出车采薇矣。
豺狼当途兮，
人类其非矣。
凤鸟兮，
河图兮，
梦想为劳矣。
冉冉老将至兮，
甚矣吾衰矣。

梦

　　哀游子茕茕其无依兮，在天之涯。唯长夜漫漫而独寐兮，时恍惚以魂驰。梦偃卧摇篮以啼笑兮，似婴儿时。母食我甘酪与粉饵兮，父衣我以彩衣。

　　哀游子怆怆而自怜兮，吊形影悲。唯长夜漫漫而独寐兮，时恍惚以魂驰。梦挥泪出门辞父母兮，叹生别离。父语我眠食宜珍重兮，母语我以早归。

　　月落乌啼，梦影依稀，往事知不知？泪半生哀乐之长逝兮，感亲之恩其永垂。

西湖（三部合唱）

看明湖一碧，六桥锁烟水。塔影参差，有画船自来去。垂杨柳两行，绿染长堤。飏晴风，又笛韵悠扬起。

看青山四围高峰南北齐。山色自空濛，有竹木媚幽姿。探古洞烟霞，翠扑须眉雪暮雨，又钟声林外起。

大好湖山美如此，独擅天然美。明湖碧无际，又青山绿作堆。漾晴光潋滟，带雨色幽奇。靓妆比西子，尽浓淡总相宜。

月 夜

纤云四卷银河净，
梧叶萧疏摇月影。
剪径凉风阵阵紧，
暮鸦栖止未定。
万里空明人意静，
呀！是何处，敲彻玉磬，
一声声清越度幽岭。
呀！是何处，声相酬应，
是孤雁寒砧并。
想此时此际幽人应独醒，
倚栏风冷。

送别歌

长亭外，古道边，
芳草碧连天。
晚风拂柳笛声残，
夕阳山外山。
天之涯、地之角，
知交半零落；
一瓢浊酒尽余欢，
今宵别梦寒。
长亭外，古道边，
芳草碧连天。
晚风拂柳笛声残，
夕阳山外山。

采莲（三部合唱）

采莲复采莲，

莲花莲叶何蹁跹！

露华如珠月如水，

十五十六清光圆。

采莲复采莲，

莲花莲叶何蹁跹！

◎

书 信

李叔同

文学精品选

致夏丏尊

一

（一九二九年阴历四月十二日，温州）

丏尊居士：

前奉上二片，想已收到。铜模已试写三十页。费尽心力，务求其大小匀称。但其结果，仍未能满意。现余经详细思维，此事只可中止。其原因如下：

（一）此事向无有创办，其中必有困难之处。今余试之，果然困难。因字之大小与笔画之粗细及结体之或长或方或扁，皆难一律。今余书写之字，依整张之纸看之，似甚齐整。但若拆开，以异部之字数纸（如口卩亻匸儿等），拼集作为一行观之，则弱点毕露，甚为难看。余曾屡次试验，极为扫兴，故拟中止。

（二）去年应允此事之时，未经详细考虑，今既书写之时，乃知其中有种种之字，为出家人书写甚不合宜者。如刀部中残酷凶恶之字甚多；又女部中更不堪言；尸部中更有极秽之字，余殊不愿执笔书写。此为第二之原因（此原因甚为重要）。

（三）余近来眼有病，戴眼镜久，则眼痛。将来或患增剧，即不得不停止写字。则此事亦终不能完毕。与其将来功亏一篑，不如现在即停止。此为第三之原因。

余素重然诺，决不愿食言。今此事实有不得已之种种苦衷。务乞仁者向开明主人之前，代为求其宽怒谅解，至为感祷。所余之纸，拟书写短篇之佛经三种（如《心经》之类是），以塞其责，聊赎余罪。前寄来之碑帖等，余已赠与泉州某师。又《新字典》及铅字样本并未书写之红方格纸，亦乞悉赠与余。至为感谢。余近来精神衰颓，远不如去秋晤谈时之形状，质平前属撰之《歌集》，亦屡构思，竟不能成一章。止可食言而中止耳。余年老矣。屡为食言之事。日夜自思，殊为抱愧，然亦无可如何耳。务乞多多原谅。至感至感。已写之三十张奉上，乞收入。

演音上 旧四月十二日

二

（一九二九年阴历八月二十九日，上虞白马湖晚晴山房）

丏尊居士：

惠书诵悉。至白马湖后，诸事安适，至用欣慰。厕所及厨灶已动工构造。厨房用具等，拟于明后日，请惟净法师偕工人至百官购买。彼有多年理事之经验，诸事内行，必能措置妥善也。山房可以自炊，不用侍者。今日拟向章君处领洋十五元，购厨房用具及食用油盐米豆等物。其将来按月领款办法，俟与仁者晤面时详酌。立会经理此款资，甚善。拟即请发起人为董事。其名目乞仁者等酌定。以后每月领取之食用费，作为此会布施之义而领受之（每月数目不能一定，因有时住二人，或有时仅一人，或三人。此事晤面时详酌）。以后自炊之时，尊园菜蔬，由尊处斟酌随时布施（此事乞于便中写家书时提及，由便人送来，不须每日送）。一切菜蔬皆可食，无须选择也。

草草复此，余俟面谈。联辉居士竭诚招待一切，至可感谢。不宣。

演音上 旧八月廿九日

外五纸乞交子恺居士。

三

（一九二九年阴历九月初九，上虞白马湖）

丏尊居士：

惠书忻番一一。摄影甚美，可喜。山房建筑，于美观上甚能注意，闻多出于石禅之计划也。石禅新居，由山房望之，不啻一幅画图（后方之松树配置甚妙）。彼云：曾费心力，惨淡经营。良有以也。

现在余虽未能久住山房，但因寺院充公之说，时有所闻，未雨绸缪，早建此新居，贮蓄道粮，他年寺制或有重大之变化，亦可毫无忧虑，仍能安居度日。故余对于山房建筑落成，深为庆慰。甚感仁等护法之厚意也（秋后往闽闭关之事，是为宿愿，未能中止。他年仍可来居山房，终以此处为久居之地也）。

以上之意，如仁者与发起诸居士及施资诸居士晤面之时，乞为代达。因恐他人以新居初成，即往他方或致疑讶者，故乞仁者善为之解释，俾令大众同生欢喜之心也。数日以来，承尊宅馈赠食品，助理杂务，一切顺适，至用感谢！顺达，不具。

演音答重阳朝

四（与致丰子恺信合）

（一九二九年阴历十月三日，上虞白马湖）

丏尊、子恺居士同览：

前日寄奉一函，想已收到。至白马湖后，承夏宅及诸居士辅助一切，甚为感谢。前者仁等来函，曾云山房若住三人，其经费亦可足用云云。朽人因思，现在即迎请弘祥师来此同住，以后朽人每年在外恒勾留数月，则山房之中居住者有时三人，有时二人，其经费当可十分足用也。

仁等于旧历九月月望以后（即阳历十月十七八日以后）来白马湖时，拟请由上海绕道杭州，代朽人迎请弘祥师，偕同由绍兴来白马湖。弘祥师之行李，乞仁等代为照料。至用感谢。迎请弘祥师时，其应注意者，如下数则：

（一）仁等往杭州时，宜乘上午火车至闸口，即至闸口虎跑寺，访弘祥师。仁等即可居住虎跑寺一宿。次晨，偕同过江，往绍兴。所以欲仁等正午到杭州者，因可令弘祥师于下午收拾行李，俾次晨即可动身。

（二）仁等晤弘祥师时，乞云："今代表弘一师迎请弘祥师往他处闭关用功。其地甚为幽静，诸事无虑，护法之人甚多；但不是寺院，亦不能供养多人，仅能请弘祥师一人，往彼处居住。倘有他位法师欲偕往者，一概谢绝。即请弘祥法师收拾行李，所有物件，皆可带去。明晨，即一同动身云云。"

（三）弘祥师倘问，其地在何处？仁等可答云："现在无须问，明日到时便知。"其余凡有所问，皆不必明答。朽人之意，不欲向他僧众传扬此事。因恐他僧众倘有来白马湖访问者，招待对付之事甚为困难，故不欲发表住处之地址也。

（四）并乞仁等告知弘祥师云："此次动身他往，不必告知弘伞师。"恐弘伞师挽留，反多周折也。

（五）朽人自昔以来，凡信佛法、出家、拜师傅等，皆弘祥师为之指导一切，受恩甚深，无以为报，今由仁等发起建此山房，故欲迎养，聊报恩德于万一也。弘祥师所有钱财无多，其由闸口至白马湖种种费用，皆乞仁等惠施，感同身受。

（六）朽人有谢客启，附奉上一纸，托弘祥师代送虎跑库房，令众传观。以上所陈诸琐碎事，皆乞鉴察。

种种费神，感谢无尽！再者，朽人于今者，已与苏居士约定，于晚秋冬初之时，往福建一行。故拟于阳历九月底即往上海，或小住数日，或即乘船而行。并乞仁等便中代为询问，太古公司往厦门及往福州之轮船，其开行之时间，是否有一定之规例（如宁波船决定五时开，长江船决定半夜开之例。此所询问者，为时间，因日期可阅报纸也）。琐陈，草草不宣。

演音上 十月三日

五

（一九三〇年阴历四月二十八日，温州）

丏尊居士：

顷诵尊函，并金二十元，感谢无尽。余近来衰病之由，未曾详告仁者，今略记之如下：

去秋往厦门后，身体甚健。今年正月（旧历，以下同），在承天寺居住之时，寺中驻兵五百余人，距余居室数丈之处，练习放枪并学吹喇叭，及其他体操唱歌等。有种种之声音，惊恐扰乱，昼夜不宁。而余则竭力忍耐，至三月中旬，乃动身归来。轮舟之中，又与兵士二百余人同乘（由彼等封船）。种种逼迫，种种污秽，殆非言语可以形容。共同乘二昼夜，乃至福州。余虽强自支持，但脑神经已受重伤。故至温州，身心已疲劳万分，遂即致疾，至今犹未十分痊愈。

庆福寺中，在余归来之前数日，亦驻有兵士，至今未退。楼窗前二丈之外，亦驻有多数之兵。虽亦有放枪喧哗等事，但较在福建时则胜多多矣。所谓"秋荼之甘，或云如荠"也。余自念此种逆恼之境，为生平所未经历者，定是宿世恶业所感，有此苦报。故余虽身心备受诸苦，而道念颇有增进。佛说八苦为八师，洵精确之定论也。余自经种种摧折，于世间诸事绝少兴昧，不久即正式闭关，不再与世人往来矣（以上之事，乞与子恺一谈。他人之处，无须提及为要）。以后通信，唯有仁者及子恺、质平等。

其他如厦门、杭州等处，皆致函诀别，尽此形寿不再晤面及通信等。以后他人如向仁者或子恺询问余之踪迹者，乞以"虽存如殁"四字答之，并告以万勿访问及通信等。质平处，余亦为彼写经等，以塞其责，并致书谢罪。现在诸事皆已结束，惟有徐蔚如编校《华严疏钞》，属余参订，须随时通信。返山房之事，尚须斟酌，俟后奉达（临动身时当通知）。山房之中，乞勿添制纱窗，因余向来不喜此物。山房地较高，蚊不多也。余现在无大病，惟身心衰弱，又手颤眼花，神昏，臂痛不易举，凡此皆衰老之相耳。甚愿早生西方。谨复，不具一一。

演音 旧四月廿八日

马居士石图章一包，前存子恺处，乞托彼便中交去，并向马居士致诀别之意。今后不再通信及晤面矣。

六

（一九三六年阴历正月初八，泉州）

丏尊居士道席：

一月半前，因往乡间讲经，居于黑暗室中，感受污浊之空气，遂发大热，神志昏迷，复起皮肤外症极重。

此次大病，为生平所未经过，虽极痛苦，幸佛法自慰，精神上尚能安也。其中有数日病势凶险，已濒于危，有诸善友为之诵经忏悔，乃转危为安。近十日来，饮食如常，热已退尽，唯外症不能速愈，故至今仍卧床不能履地，大约再经一二月乃能痊愈也。

前年承护法会施资请购日本古书（其书店，为名古屋中区门前町其中堂），获益甚大。今拟继续购请。乞再赐日金六百元，托内山书店交银行汇去，"购书单"一纸附奉上，亦乞托内山转寄为感。此次大病，居乡间寺内，承寺中种种优待，一切费用皆寺中出，其数甚巨；又能热心看病，诚可感也。乞另汇下四十元，交南普陀寺广洽法师转交弘一收（但信面乞写广洽法师之名，可以由彼代拆信代领款也）。此四十元，以二十元赠予寺中（以他种名义），其余二十元自用。屡荷厚施，感谢无尽！

演音启 旧正月初八日

以后通信，乞寄"厦门南普陀寺养正院广洽法师转交"。余约于病愈春暖后，移居厦门。又白。

七（与致李圆净信合）

（一九四〇年阴历六月六日，永春）

丏尊、圆晋居士同览：

养疴山中，久疏音问。近以友人请往檀林乡中，结夏安民，故得与仁者特殊通信，发起一重要之事。以《护生画集》正续编流布之后，颇能契合俗机。丰居士有续绘三四五六编之弘愿，而朽人老病日增，未能久待。拟提前早速编辑成就，以此稿本存藏上海法宝馆中，俟诸他年络续付印可也。兹拟定办法大略如下。乞仁者广征诸居士意见，妥为核定，迅速进行，至用感祷。

（一）前年丰居士来信，谓作画非难，所难者在于觅求画材。故今第一步为征求三四五六集之画材。于《佛学半月刊》及《觉有情》半月刊中，登载广告，广征画材。其赠品以朽人所写屏幅、中堂、对联及初版印《金刚经》（珂罗版印，较再版为优。今犹存十余册）等为酬奖。

（一）此事拟请仁者及范古农、沈彬翰、陈无我、朱苏典六居士，负责专任其事。仍请圆净居士任总编辑。

（一）预定三集画七十张，四集八十张，五集九十张，六集一百张。每画一张，附题句一段。

（一）已刊布之初二集，画风既有不同，以下三四五六集亦应各异。俾全书六集各具特色，不相雷同。据鄙意，以下四集中，或有一集用连环画体裁，或有一集纯用语体新文字题句，其画风亦力求新颖，或有一集纯用欧美事迹。此为朽人随意悬拟，不足为据。仍乞六居士妥为商定，务期深契时机，至为切要。

（一）每集画旁之题句，字数宜少。或仅数字，至多不可超过四五十字。因字数多者，书写既困难，缩印亦未便。

（一）征求画材之广告文，乞六居士酌定。征求既毕，应审核优劣，分别等第，亦乞六居士酌定。至其画材能适于作画否，乞稣典居士详核之。

（一）以上且据登广告征求画材而言。依朽人悬揣，应征之人未必多，寄来之稿亦恐罕能适用。则登广告征求画材一事，将无结果，殊为可虑。不知专请四位负责，各位各编一集之画材，如是或较为稳妥也。乞六居士详审之。以后关于此事之通信，乞寄与性常法师转交朽人至感。

音启 农历六月六日

八

（一九四一年阳历十月一日，泉州）

丐尊居士慧览：

惠书诵悉一一。子恺处已久不通信，闻友人云，彼之通讯处，为重庆沙坪坝国立艺术专校（据彼八月廿五日之信云云）。

闽中平静如常。仁者能入闽任职，则生活可无虑矣。泉州物价之昂，自昔以来，冠于全闽。但米价每石亦仅一百七十圆左右。其他闽中产米之区，如漳州及闽东等处，则仅五十圆左右。泉州街市无乞丐（另设乞丐收容所），物价亦不甚昂。华侨家族生活亦大致可维持，因努力种植，生产量甚富也。

统观全闽气象，与承平时代相差无几。朽人于十四年前，无意中居住闽南（本拟往暹罗，至厦门而中止），至今衣食丰足，诸事顺遂，可谓侥幸，至用惭愧。唯从前发愿编辑律宗诸书，大半未成就。拟于双十节后，即闭关著书，辞谢通信及晤谈等事。以后于尊处亦未能通信。仁者欲知朽人之近状者，乞常访问上海慕尔鸣路一百十一弄六号大法轮书局陈无我居士及彼处同住之陈海量居士。因泉州诸僧，常与海量通信，彼深知朽人之近状也。

朽人近作，屡载《觉有情》半月刊中（无我所办），乞仁者定此月刊一份（自今年正月始尤善，每年一圆余），即可常阅览朽人之近作也。苏慧纯居士，亦为海量之旧友，仁者能常与海量晤谈，当获益匪浅也（指导生活，安慰心灵）。不宣。

音启 十月一日

附呈相一纸，为去秋九月所摄。佛名二纸，乞结缘。

致朱苏典

（一九三五年阴历九月十八日，永春）

苏典居士文席：

惠书欣悉——。承施纸笔，皆已受领，感谢无尽。《护生画集》今承仁者等为之尽力负责，如能获圆满成就，如斯殊胜功德，诸佛菩萨出广长舌赞莫能穷，一切世间天人等皆大欢喜。诚为近今世界战云沉暗中，第一可欣可庆之事也。画集之资料，佛学书局出版之《物犹如是》（此四字即书名），颇可参考。仁者倘以前未定阅《佛学半月刊》者，即乞定阅。有二种：一、佛学书局出版者；二、慕尔鸣路一百十一弄六号大法轮书局出版者，名曰《觉有情》，皆半月刊也。能将数年以来出版者，悉皆补购尤善。其中时有戒杀放生之文字，又能常常阅是刊物，借以熏修佛法，亦殊胜之因缘也。画集之题句，能于编辑时即——标出尤感，则将来可无须再托人撰题句也。新编画集共四册，画幅甚多。倘丰居士未能速即绘就，拟稍变通。第六集画百幅者，请丰居士独立任之。此外三集、四集、五集之画幅，则乞仁者及转托诸善友合力作之。

如是则延至明年岁暮，或可圆满绘就也。谨复，不宣。

农历九月十八日 音疏答

致丰子恺

一

（一九二九年阴历八月十四日，温州）

子恺居士：

初三日惠书，诵悉。兹条复如下：

△周居士动身已延期，网篮恐须稍迟，乃可带上。

△《佛教史迹》已收到，如立达仅存此一份，他日仍拟送还。

△护生画，拟请李居士等选择（因李居士所见应与朽人同）。俟一切决定后，再寄来由朽人书写文字。

△不录《楞伽》等经文，李居士所见，与朽人同。

△画集虽应用中国纸印，但表纸仍不妨用西洋风之图案画，以二色或三色印之。至于用线穿订，拟用日本式，系用线索结纽者，与中国佛经之穿订法不同。朽人之意，以为此书须多注重于未信佛法之新学家一方面，推广赠送。故表纸与装订，须极新颖警目，俾阅者一见表纸，即知其为新式之艺术品，非是陈旧式之劝善图画。倘表纸与寻常佛书相似，则彼等仅

见《护生画集》之签条，或作寻常之佛书同视，而不再披阅其内容矣。故表纸与装订，倘能至极新颖，美观夺目，则为此书之内容增光不小，可以引起阅者满足欢喜之兴味。内容用中国纸印，则乡间亦可照样翻刻。似与李居士之意，亦不相违。此事再乞商之。

△李居士属书签条，附写奉上。

△"不请友"三字之意，即是如《华严经》云："非是众生请我发心，我自为众生作不请之友"之意。因寻常为他人帮忙者，应待他人请求，乃可为之。今发善提心者则不然，不待他人请求，自己发心，情愿为众生帮忙，代众生受苦等。友者，友人也。指自己愿为众生之友人。

△周孟由居士等谆谆留朽人于今年仍居庆福寺，谓过一天，是一天，得过且过，云云。故朽人于今年下半年，拟不他往。俟明年至上海诸处时，再与仁者及丐翁等，商量筑室之事。现在似可缓议也。

△近病痢数日，已愈十之七八。唯胃肠衰弱，尚须缓缓调理，仍终日卧床耳。然不久必愈，乞勿悬念。承询需用，现在朽人零用之费，拟乞惠寄十圆。又庆福寺贴补之费（今年五个月），约二十圆（此款再迟两个月寄来亦不妨）。此款请旧友分任之。至于明年如何，俟后再酌。

△承李居士寄来《梵网经》、万钧氏书札，皆收到。谢谢。

病起无力，草草复此。其余，俟后再陈。

八月十四日 演音上

二

（一九二九年阴历八月二十二日，温州）

子恺居士慧览：

今日午前挂号寄上一函及画稿一包，想已收到。顷又做成白话诗数首，写录于左：

（一）倘使羊识字

倘使羊识字，泪珠落如雨。

口虽不能言，心中暗叫苦！

因前配之古诗，不贴切。故今改做。

（二）残废的美

好花经摧折，曾无几日香。

憔悴剩残姿，明朝弃道旁。

（三）喜庆的代价

喜气溢门楣，如何惨杀戮。

唯欲家人欢，那管畜生哭！

原配一诗，专指庆寿而言，此则指喜事而言。故拟与原诗并存。共二首。或者仅用此一首，而将旧选者删去。因旧选者其意虽佳，而诗笔殊拙笨也。

（四）悬梁

日暖春风和，策杖游郊园。

双鸭泛清波，群鱼戏碧川。

为念世途险，欢乐何足言！

明朝落纲罟，系颈陈市廛。

思彼刀砧苦，不觉悲泪潸。

案此原画，意味太简单，拟乞重画一幅。题名曰《今日与明朝》。将诗中双鸭泛清波，群鱼戏碧川之景，补入。与系颈陈市廛，相对照，共为一幅。则今日欢乐与明朝悲惨相对照，似较有意味。此虽是陈腐之老套头，今亦不妨采用也。俟画就时，乞与其他之画稿同时寄下。

再者：画稿中《母之羽》一幅，虽有意味，但画法似未能完全表明其意，终觉美中不足。倘仁者能再画一幅，较此为优者，则更善矣。如未能者，仍用此幅亦可。

前所编之画集次序，犹多未安之处。俟将来暇时，仍拟略为更动，俾臻完善。

八月廿二日 演音上

些函写就将发，又得李居士书。彼谓画集出版后，拟赠送日本各处。朽意以为若赠送日本各处者，则此画集更须大加整顿。非再需半年以上之力，不能编纂完美，否则恐贻笑邻邦，殊未可也。但李居士急欲出版，有迫不及待之势。朽意以为如仅赠送国内之人阅览，则现在所编辑者，可以用得。若欲赠送日本各处，非再画十数页，从新编辑不可。此事乞与李居士酌之。

再者，前画之《修罗》一幅（即已经删去者），现在朽人思维，此画甚佳，不忍割爱，拟仍旧选入。与前画之《肉》一幅，接连编入。其标题，则谓为《修罗一》《修罗二》（即以《肉》为《修罗一》，以原题《修罗》者为《修罗二》）。再将《失足》一幅删去。全集仍旧共计二十四幅。

附呈两纸，乞仁者阅览后，于便中面交李居士。稍迟亦无妨也。

廿三晨

三

（一九二九年阴历八月二十四日，温州）

子恺居士：

新作四首，写录奉览：

凄音

小鸟在樊笼，悲鸣音惨凄。

恻恻断肠语，哀哀乞命词。

155

向人说困苦，可怜人不知：

犹谓是欢娱，娱情尽日啼。

　农夫与乳母

忆昔襁褓时，尝啜老牛乳。

年长食稻粱，赖尔耕作苦。

念此养育恩，何忍相忘汝！

西方之学者，倡人道主义。

不啖老牛肉，淡泊乐素食。

卓哉此美风，可以昭百世！

麟为仁兽，灵气所钟，不践生草，不履生虫。繄吾人类，应知其义，举足下足，常须留意，既勿故杀，亦勿误伤。去我慈心，存我天良。

附注：儿时读《毛诗·麟趾章》，注去："麟为仁兽，不践生草，不履生虫。"余讽其文，深为感叹。四十年来，未尝忘怀。今撰护生诗歌，引述其义。后之览者，幸共知所警惕焉。

我的腿（旧配之诗，移入《修罗二》）

我的腿，善行走。

将来不免入汝手，

盐渍油烹佐春酒。

我欲乞哀怜，

不能作人言。

愿汝体恤猪命苦，

勿再杀戮与熬煎！

画集中《倒悬》一幅，拟乞改画。依原配之诗上二句，而作景物画一幅（即是"秋来霜露……芥有孙"之二句。画题亦须改易，因原画之趣味，已数见不鲜，未能出色；不如改作为景物画较优美有意味也。再者《刑场》与《平等》二幅，或可删，亦可留，乞仁者酌之。

论月八月廿四日

四

（一九二九年阴历八月二十六日，温州）

子恺居士慧览：

将来排列之次序，大约是：

（一）《夫妇》；（二）《芦菔生儿芥有孙之画》（案芦菔俗称萝卜）；（三）《沉溺》；（四）《凄音》等。中间数幅，较前所定者，稍有变动。至《农夫与乳母》以下，悉仍旧也。

再者，《芦菔生儿芥有孙》之画，乞仅依"秋来霜露满东园，芦菔生儿芥有孙"二句之意画之。至末句中鸡豚，乞勿画入。

以前数次寄与仁者之信函，乞作画或改题者，兹再汇记如下：

△增画者《忏悔》《平和之歌》，共二幅。

△改画者《芦菔生儿芥有孙之画》（旧题为《倒悬》，今乞改题）、《今日与明朝》（旧题为《悬梁》）、《母之羽》，共三幅。

△修改画题者《沉溺》（原作《溺》）、《凄音》（原作囚徒之歌》）、《诱惑》（原作《诱杀》）、《修罗一》（原作《肉》）、《修罗二》（原作《修罗》），共五处。

以上所写，倘有未明了处，乞检阅前数函即知。

八月廿六日 演音上

今年夏间，由嘉兴蔡居士寄玻璃版印《华严经》二册至尊处（江湾），想早已收到（当时仁者在乡里），前函未提及，故再奉询。

五

（一九二九年阴历八月二十九日，上虞白马湖）

子恺居士：

前日已至白马湖，承张居士代表招待一切，至用感慰！兹有四事，奉托如下：

一、乞画澄照律祖像一幅，别奉样式一纸，乞检阅。此像在《续藏经》中，今依彼原稿，略为缩小。如别纸中朱笔所画轮廓为限。如以原稿太繁密者，乞仁者以己意稍为简略。但仍以工笔细线画之为宜。画纸乞用拷碑纸，因将刻木板也。此画像，能于旧历九月中旬随夏居士返家之便带下，为感。

二、前存尊处之马一浮居士图章一包，乞于便中托人带至杭州，交还马居士。但此事迟早不妨，虽迟至数月之后亦可。马居士寓杭州联桥及弼教坊之间，延定巷旧第五号（或第四第六号）门牌内。

三、福建苏居士，今春在鼓山，定印《华严疏论纂要》多部（此书系康熙古版，外间罕有流传。每部大约六十册，实费二十圆）。拟以十二部分赠与日本各宗教大学及图书馆等，托内山书店代为分配及转寄。又以二部赠与上海功德林流通。附写信二纸，乞于便中转交内山书店及功德林佛经流通处为感。

四、有人以五圆托仁者向功德林代请购下记之书：《华严处会感应缘起传》一册。其余之资，皆请购（功德林藏版）《地藏菩萨本愿经》若干册及其邮费。此书代为邮寄"温州大南门外庆福寺因弘法师收"。无须挂号。此款乞暂为垫付，俟他日托夏居士带来。种种费神，感谢无惟！尽唯净法师偕来，诸事甚为妥善。秋后朽人或云游他方，仍拟请惟静法师在晚晴山房居住，管理物件及照料一切。彼亦有愿久住山房之意。闻仁者近就开明编辑之事，想甚冗忙，如少闲暇，九月中旬可以不来白马湖，俟他时朽人至上海，仍可晤谈也。俗礼幸勿拘泥，为祷。不俱。

演音疏 旧八月廿九日

六

（一九二九年阴历九月初四，温州）

子恺居士：

前复信片想达慧览。尚有白话诗二首，亦已作就，附写如下：

《母之羽》：雏儿依残羽，殷殷恋慈母。母亡儿不知，犹复相环守。念此亲爱情，能勿凄心否？

此下有小注，即述蝙蝠之事云云。俟后参考原文，再编述。

《平和之歌》：昔日互残杀，今朝共舞歌。一家庆安乐，大地颂平和。

附短跋云：李、丰二居士，发愿流布《护生画集》。盖以艺术作方便，人道主义为宗趣。虽曰导俗，亦有可观者焉。每画一页，附白话诗，选录古德者□首，余皆贤瓶道人补题。纂修既成，请余为之书写，并略记其梗概。

新作之诗共十六首，皆已完成。但所作之诗，就艺术上而论，颇有遗憾：一以说明画中之意，言之太尽，无有含蓄，不留耐人寻味之余地。一以其文义浅薄鄙俗，无高尚玄妙之致。就此二种而论，实为缺点。但为导俗，令人易解，则亦不得不尔。然终不能登大雅之堂也。

画稿之中，其画幅大小，须相称合。如《！！！》一幅，似太大。《母之羽》一幅，似稍小。仁者能再改画，为宜。虽将来摄影之时，可以随意缩小放大，但终不如现在即配合适宜，俾免将来费事。且于朽人配写文字时，亦甚蒙其便利也。

附二纸，为致李居士者。乞仁者先阅览一过。便中面交与李居士，稍迟未妨也。

九月初四日 演音上

七

（一九二九年阴历九月十二日，温州）

子恺居士：

昨晚获诵惠书，欣悉一一。兹复如下：

△续画之画稿，拟乞至明年旧历三月底为止（因温州春寒殊甚，未能执笔书写。须俟四月天暖之后，乃能动笔）。由此时至明春三月，乞仁者随意作画，多少不拘。朽人深知此事不能限期求速就（写字作文等亦然）。若兴到落笔，乃有佳作。所谓"妙手偶得之"也。至三月底即截止。由朽人用心书写。大约五月间，可以竣事。仁者新作之画，乞随时络续寄下（又以前已选入之画稿及未选入者，并乞附入，便中寄下）。即由朽人选择。其选入者，并即补题诗句。

△白居易诗，"香饵"云云二句，系以鱼喻彼自己，或讽世人，非是护生之意。其义寄托遥深，非浅学所能解。乞勿用此诗作画。

△研究《起信论》，译佛教与科学之事，暂停无妨。礼拜念佛功课未尝间断，戒酒已一年，至堪欢喜赞叹。近来仁者诸事顺遂，实为仁者专诚礼拜念佛所致。念佛一声，能消无量罪，能获无量福。唯在于用心之诚恳恭敬与否，不专在于形式上之多少也。

△网篮迟至年假时带去，无妨。

△珂罗版《华严经》，乞赠李圆净居士一册。

△以后作画，无须忙迫。至画幅之多少，亦不必预计。如是乃有佳作。

△倘他日集中画幅再增多之时，则已删去之画，如《倒悬》《众生》（又名《上法场》）等，或仍可配合选入，俟他日再详酌。

△许居士如愿出家，当为设法。

△明年大约仍可居住庆福寺，因公园以筹款不足，停止进行，故尚安静可住。承诸友人赠送之资，至为感谢。此次寄来之廿圆，拟留充明年自己之零用。至于明年，尚需贴补寺中全年食费约六十圆。又于地藏殿装玻璃门，及《续藏经》书柜之木架等费，朽人拟赠与寺中三十圆，共计九十圆。倘他日有友人送款资至仁者之处，乞为存积。俟今年阴历年底，朽人再斟酌情形。倘需用此款者，当致函奉闻，请仁者于明年春间便中汇下。此事须今年年底酌定，故所有款资，拟先存仁者之处，乞勿汇下。

△明年朽人能于秋间至上海否，难以预定。或不能来，亦未可知。因近来拟息心用功，专修净业。恐出外云游，心中浮动，有碍用功也。统俟明年再为酌定。

△明年与后年，两年之中，拟暂维持现状。至于夏居士所云建造房舍之事，俟辛未年，再行斟酌。

草草奉复。不具。

演音上 九月十二日

再者，以后惠函，信面之上，乞勿写和尚二字。因俗例，须本寺住持，乃称和尚。朽人今居客位，以称大师或法师为宜。

再者，愚夫愚妇及旧派之士农工商，所欢喜阅览者，为此派之画。但此派之画，须另请人画之。仁者及朽人，皆于此道外行。今所编之《护生画集》，专为新派有高等小学以上毕业程度之人阅览为主。彼愚夫等，虽阅之，亦仅能得极少份之利益，断不能赞美也。故关于愚夫等之顾虑，可以撇开。若必欲令愚夫等大得利益，只可再另编画集一部，专为此种人阅览，乃合宜也。

今此画集编辑之宗旨，前已与李居士陈说。

第一、专为新派智识阶级之人（即高小毕业以上之程度）阅览。至他种人，只能随分获其少益。

第二、专为不信佛法，不喜阅佛书之人阅览（现在戒杀放生之书出版者甚多，彼有善根者，久已能阅其书，而奉行惟谨。不必需此画集也）。近来戒杀之书虽多，但适于以上二种人之阅览者，则殊为希有。故此画集，不得不编印行世。能使阅者爱慕其画法崭新，研玩不释手，自然能于戒杀放生之事，种植善根也，鄙意如此，未审当否？乞仁等酌之。又白。

十

（一九二九年）

前迭上二函一片，想悉收到。昨今又续成白话诗四首。

《夫妇》：人伦有夫妇，家禽有牝牡。双栖共和鸣，春风拂高柳。盛世乐太平，民康而物阜。万类咸喁喁，同浴仁恩厚。

按：此诗虽不佳，而得温柔敦厚之旨。以之冠首，颇为合宜。

《暗杀一》：若谓青蝇污，挥扇可驱除。岂必矜残杀，伤生而自娱。

《蚕的刑具》：残杀百千命，完成一袭衣。唯知求适体，岂毋伤仁慈。

《忏悔》：人非圣贤，其孰无过。犹如素衣，偶著尘浼。改过自新，若衣拭尘。一念慈心，天下归仁。

按：此诗虽无佛教色彩，而实能包括拂法一切之教义。仁者当能知之。

此外，唯有《母之羽》及《平和之歌》二首，尚未作。拟俟仁者画稿寄来，再观察画之形状，然后著笔，较为亲切也。

朽人已十数年未尝作诗。至于白话诗，向不能作。今勉强为之。初作时，稍觉吃力。以后即妙思泉涌，信手挥写，即可成就。其中颇有可观之作，是诚佛菩萨慈力冥加，匪可思议者矣。但念生死事大，无常迅速，俟此册画集写华，即不再作文作诗及书写等。唯偶写佛菩萨名号及书签，以结善缘耳。

　　此画集中，题诗并书写，实为今生最后之纪念。而得与仁者之画及李居士之戒杀白话文合册刊行，亦可谓殊胜之因缘矣（但朽人作此白话诗事，乞勿与他人谈及）。

致刘质平

一

（一九一六年阴历八月十九日，杭州）

质平仁弟：

来函诵悉。日本留学生向来如是，虽亦有成绩佳良者，然大半为日本作殿军或并殿军之资格亦无之。故日人说起留学生辄作滑稽讪笑之态。不佞居东八年，固习见不鲜矣。君之志气甚佳，将来必可为吾国人吐一口气。但现在宜注意者如下：

（一）宜重卫生，俾免中途辍学（习音乐者，非身体健壮之人不易进步。专运动五指及脑，他处不运动则易致疾。故每日宜为适当之休息及应有之娱乐，适度之运动。又宜早眠早起，食后宜休息一小时，不可即弹琴）。

（二）宜慎出场演奏，免人之忌妒（能不演奏最妥，抱璞而藏，君子之行也）。

（三）宜慎交游，免生无谓之是非（留学界品类尤杂，最宜谨慎）。

（四）勿躐等急进（吾人求学须从常规，循序渐进，欲速则不达矣）。

（五）勿心浮气躁（学稍有得，即深自矜夸；或学而不进（此种境界他日有之），即生厌烦心，或抱悲观，皆不可。必须心气平定，不急进，不间断。日久自有适当之成绩）。

（六）宜信仰宗教，求精神上之安乐（据余一人之所见，确系如此，未知君以为如何？）

附录格言数则呈阅。

不佞近来颇有志于修养，但言易行难，能持久不变尤难，如何如何！

今秋因经先生坚留，情不可却，南京之兼职似可脱离。君暇时乞代购マンドリン弦 E 二根、A 二根、D 三根、G 二根，封入信内寄下。六七日内拟江款五圆存尊处，尚有他物乞代购也。君如须在沪杭购物，不佞可以代办，望勿客气，随时函达可也。

君在校师何人？望示知。听音乐会之演奏，有何感动？此不佞所愿闻者也。此复，即颂

旅吉。

李婴

八月十九日

门先生乞为致意，他日稍暇，当作书奉候。并谓现在不佞求学不得，如行夜路，视门先生如在天上矣。

二

（一九一七年阴历一月十八日，杭州）

手书诵悉，清单等皆收到。

愈学愈难，是君之进步，何反以是为忧！B氏曲君习之，似躐等，中止甚是。试验时宜应试，取与不取，听之可也。不佞与君交谊至厚，何至因此区区云对不起？但如君现在忧虑过度，自寻苦恼，或因是致疾，中途辍学，是真对不起鄙人矣。从前鄙人与君函内解劝君之言语，万万不可忘记，宜时时取出阅看。能时时阅看，依此实行，必可免除一切烦恼。

从前牛山充入学试验，落第四次，中山晋平落第二次，彼何尝因是灰心？

总之，君志气太高，好名太甚，"务实循序"四字，可为君之药石也。

中学毕业免试科学，是指毕业于日本中学者；君能否依此例，须详询之。证明书容代为商量。五日后返沪，补汇四圆廿钱。前君投稿于《教育周报》，得奖银十六元，此款拟汇至日本可否？望示知！此复，即颂

近佳！

李婴上

一月十八日

（再者）鄙人拟于数年之内，入山为佛弟子（或在近一二年亦未可知，时机远近，非人力所能处也）。现已络续结束一切。君春秋尚盛，似不宜即入此道，但如现在之遇事忧虑，自寻苦恼，恐不久将神经混杂，得不治之疾，鄙人可以断言。鄙意以为，君此时宜详审坚决，如能痛改此习，耐心向学，最为中正之道；倘自己仍无把握，不能痛改此习，将来必至学而无成，反致恶果；不如即抛却世事入山为佛弟子，较为安定也。

叨在至好，故尽情言之。阅后付丙。

三

（一九一七年，杭州）

质平仁弟足下：

来书诵悉。《菜根谭》及 M 经，前已收到，曾致复片，计已查收。

官费事可由君访察他人补官费之经过情形，由君作函寄来，上款写经、夏二先生及不佞三人，函内详述他省补费之办法。此函寄至不佞处，由不佞与经、夏二先生商酌可也。

君在东言行谨慎，甚佳。交友不可勉强，宁无友不可交寻常之友（或不尽然），虽无损于我，亦徒往来酬酢，作无谓之谈话，周旋消费力学之时间耳。门先生忠厚长者，可以为君之友人。此外不再交友，亦无妨碍。始亲终疏，反致怨尤，故不如于始不亲之为佳也。不佞前致君函有应注意者数条，宜常阅之。

又格言数则，亦不可忘。不佞无他高见，惟望君按部就班用功，不求近效。进太锐者恐难持久。不可心太高，心高是灰心之根源也。心倘不定，可以习静坐法。入手虽难，然行之有恒，自可入门（君有崇信之宗教，信仰之尤善，佛、伊、耶皆可）。

音乐书前日已挂号寄奉。附一函乞转交门先生。此复，即颂
近佳！

李婴

四

（一九一七年，杭州）

质平仁弟：

前日寄一函，计达览。昨晤经先生，将尊函及门先生函呈去（本拟约

夏先生同往,据夏先生云:前得君函时,已为经先生谈过,故此次不愿再去)。经先生将尊函阅一过,门先生之函并未详阅。据云:此函无意思,因会长不能管此事也(此说不必与他人道)。总之,经先生对于此事颇冷淡。先云:"须由君呈请,余不能言";后鄙人再四恳求,始允往询。但因新厅长初到任甚忙,现在不便去,何日去难预定也。

鄙人谓浙江女生补费之事,可否援以为例?经先生云:"不能。"后经先生遂痛论请补官费之难,逆料必不成功。又有"荐一科长与厅长尚易,请补一官费生殊难"之说。鄙人不待其辞毕,即别去,不欢而散,殊出人意外也。但平心思之,经先生事务多忙,本校毕业生甚多,经先生倘一一为之筹画,殊做不到。

故以此事责备经先生,大非恕道。经先生人甚直爽,故能随意畅谈。若深沉之士,则当面以极圆滑之言敷衍恭维,其结果则一也。故经先生尚不失为直士。若夏先生向来不喜管闲事,其天性如是。总之官费事,以后鄙人不愿再向经先生询问。鄙人于数年之内,决不自己辞职。如无他变,前定之约,必实践也。望安心求学,毋再以是为念!

此信阅毕望焚去。言人是非,君子不为。今述其详。愿君如此事之始末。

婴上

五

(一九一七年,杭州)

质平仁弟:

昨上一函一片,计达览。请补官费之事,不佞再四斟酌,恐难如愿。不佞与夏先生素不与官厅相识,只可推此事于经先生。经先生多忙,能否专为此事往返奔走,亦未可知。即能任劳力谋,成否亦在未可知之数(总而言之，求人甚难）。此中困难情形，可以意料及之也。

君之家庭助君学费，大约可至何时？如君学费断绝，困难之时，不佞可以量力助君。但不佞窭人也，必须无意外之变，乃可如愿。因学校薪水领不到时，即无可设法。今将详细之情形述之如下：

不佞现每月入薪水百零五圆

出款：

上海家用四十圆年节另加

天津家用廿五圆年节另加

自己食物十圆

自己零用五圆

自己应酬费买物添衣费五圆

如依是正确计算，严守此数，不再多费，每月可余廿圆。

此廿元即可以作君学费用。中国留学生往往学费甚多，但日本学生每月有廿圆已可敷用。不买书、买物、交际游览，可以省钱许多。将来不佞之薪水，大约有减无增。但再减去五圆，仍无大妨碍（自己用之款内，可以再加节省），如再多减则觉困难矣。

又不佞家无恒产，专恃薪水养家，如患大病不能任职，或由学校辞职，或因时局不能发薪水；倘有此种变故，即无法可设也。以上所述，为不佞个人之情形。

倘以后由不佞助君学费，有下列数条，必须由君承认实行乃可。

一、此款系以我辈之交谊，赠君用之，并非借贷与君。因不佞向不喜与人通借贷也。故此款君受之，将来不必偿还。

二、赠款事只有吾二人知，不可与第三人谈及。家族如追问，可云有人如此而已，万不可提出姓名。

三、赠款期限，以君之家族不给学费时起，至毕业时止。但如有前述之变故，则不能赠款（如减薪水太多，则赠款亦须减少）。

四、君须听从不佞之意见，不可违背。不佞并无他意，但愿君按部就班用功，无太过不及。注重卫生，俾可学成有获，不致半途中止也。君之心高气浮是第一障碍物（自杀之事不可再想），必痛除。

以上所说之情形，望君详细思索，写回信复我。助学费事，不佞不敢向他人言，因他人以诚意待人者少也，即有装面子暂时敷衍者，亦将久而生厌，焉能持久？君之家族尚不能尽力助君，何况外人乎？若不佞近来颇明天理，愿依天理行事，望君勿以常人之情推测不佞可也。此颂

近佳！

李婴

此函阅后焚去。

六

（一九三五年，泉州）

质平居士道鉴：

惠书诵悉。承施十金及心经像页，感谢无尽！近来无有病苦，稀释怀可耳。

《心经》，友人请求者甚多，乞再寄下二三包。音乐书面，十日内可以写好邮奉。歌集能于今年出版为宜，诸友屡屡询问也。出版时，乞往佛学书局（胶州路七号）与沈彬翰居士接洽一切。印法形式，皆可由仁者主之，并随时检校样本（此最要紧）。仁者认为十分满意后，乃以付印。佛学书局有分局数处，流通甚广，较开明为适宜也。印刷诸费，亦可由佛学书局负任，诸乞与沈居士商酌可也。近托彼处印《地藏菩萨九华垂迹图》一部（卢居士画十二页，用十三色珂罗版印，余题字十二页，用一色珂罗版印），

中华书局印刷，每部实费五元，为吾国罕见之彩色印本。其印费悉由沈居士筹备，样本已印就，不久即可出版也，以后惠书，乞寄厦门南普陀寺，不宣。

音启

七

（一九三六年，鼓浪屿）

质平居士道席：

前后明信，想已收到。歌集出版，乞惠施十册（寄南普陀广洽法师转）。余近居鼓浪屿闭关，其地为外国租界，至为安稳。但通信仍寄前写之处转交也。

嘱写小联纸，尚未收到。俟秋凉时，用心书写，并拟写多页结缘物也。以后与仁者通信，寄至宁波四中妥否？乞示知。附奉上拙书一页，为今年旧元旦晨，朝起床坐床边所写。其时大病稍有起色，正九死一生之时，其时共写四页，今以一页赠与仁者，可为纪念也。

此次大病，为生平所未经历，亦所罕闻。自去年旧十一月底，发大热兼外症，一时并作。十二月中旬，热渐止，外症不愈。延至正月初十，乃扶杖勉强下床步行（以前不能下床）。中旬到厦门就医，医者为留日医学博士黄丙丁君（泉州人），彼久闻余名（人甚诚实），颇思晤谈。今请彼医，至为欢悦，十分尽心。至旧四月底（旧历有闰三月）共百余目，外症乃渐痊愈。据通例须医药电疗注射（每日往电疗一次）等费约五六百金，彼分文不收，深可感也。

谨陈，不宣。

演音疏

八

（一九四〇年阴历正月十九，永春）

质平居士智鉴：

惠书诵悉至用欣慰。承施资，领受敬谢。兹奉达数事如下：

《华严集联》书册，宜改为长形，与《四分律戒相表记》相同，上下多留空白，至要！补记。

寄上写件一包，乞收入，以后再络续邮奉。包裹用之年皮纸及细麻绳，皆缺乏，此次寄上者，乞仍寄还。尊处如存有旧牛皮纸及绳，亦乞一并寄下，以备需用。乞检无用之书籍寄下，即以此牛皮纸多层包裹，再以许多之麻绳缚之，即可妥寄。

朽人之字件，四边所留剩之空白纸，于装裱时，乞嘱裱工万万不可裁去。因此四边空白，皆有意义，甚为美观。若随意裁去，则大违朽人之用心计划矣。

对联之句皆重复，但不可乱配。因笔画字体各有不同。兹由朽人于每联用纸贴合之，各对别贴，乞细心轻轻检查。

《清凉歌集》已绝版，将来时局平靖，乞仁者托上海慕尔鸣路一百十一弄六号大法轮书局陈海量居士经理，重印流通，以摄影制版为宜。共印资请彼向菲律宾性愿法师商酌，决无困难。《华严集联》亦可重印，托陈海量居士最妥。字宜缩小，上下之空白纸宜多，乃美观也。余俟后陈，不宜。

致蔡丏因

一

（一九二四年阴历八月二十五日，温州）

丏因居士丈室：

顷诵惠书欣悉一一。拙述《四分律比丘戒相表记》，今已石印流布。是书都百余大页，费五年之力编辑，并自书写细楷。是属出家比丘之戒律，在家人不宜阅览。但亦拟赠仁者及李居士各一册，以志纪念。开卷之时，不须研味其文义，唯赏玩其书法，则无过矣。又拙书《地藏菩萨本愿经见闻利益品》，书法较《回向品》为逊，今亦付石印以结善缘。尊宗禹泽居士，未审今居杭何处，希示知。拟以《四分律表记》二册及《华严疏钞》四册，送存彼处，俾便他日面奉仁者（《表记》册太大，不便邮寄。若《地藏经》早日印就，亦并交去，否则他日另寄）。尊印《回向品》共若干册，并乞示知。《四分律表记》共印千册（由穆居士以七百金左右独力印成）。以五百册存上海功德林佛经流通处，以三百二十册存天津佛经流通外，皆系赠送。如有僧众愿研求比丘律者，若居上等愿将以为纪念者，皆可托人向上海功德林就近领取。《地藏经》共印多少，如何分法，今尚未悉。朽人不久将往他方，今移居杭州城内银洞巷六号虎跑下院暂住，料理未了诸事。惠复乞寄上海江湾镇立达学园丰子恺居士转交，恐朽人不久或去杭也。承询所需，俟后有需，当以奉闻。敬谢厚意。此未宣具。

胜臂疏答 八月廿五日

二

（一九二四年阴历十二月初三，温州）

丏因居士丈室：

顷诵书，并承惠施毫笔四管，谢谢！

《华严经疏科文》十卷，未有刻本。日本《续藏经》第八套第一册、二册，有此科文。他日希仁者至戒珠寺检阅。疏、钞、科三者如鼎足，不可阙一。杨居士刻经疏，每不刻科文，厌其繁琐，盖未尝详细研审也（钞中虽略举科目，然或存或略，意谓读疏者必对阅科文，故不一一具出也）。今屏去科文而读疏钞，必至茫无头绪。北京徐居士刻经，悉依杨居士之成规，亦不刻科，所刻《南山律宗》三大部，为近百册之巨著，亦悉删其科文，朽人尝致书苦劝，彼竟固执旧见未肯变易，可痛慨也。

昙昉白 十二月初三日

《华严经疏钞》为光绪十年妙空大师于江北刻经处刊刻。妙空为杨居士之师，故杨居士所刻之经疏，亦多删其科文，依彼旧例。

三

（一九二六年阴历三月二十二日，杭州）

丏因居士：

初六日来杭，寓招贤寺。数日以来，与诸师友有时晤谈。自廿五日（立夏日）始，方便掩室，不见宾客。疏钞二十九册，印一方，乞收入。开示录三册，乞仁者受一册，其二转贻孙、李二居士。疏钞已阅竟者，便中托妥实之友人（由绍来杭之人甚多，故可不须付邮）带至杭州，送呈招贤寺（里西湖新新旅馆旁）住持弘伞法师（或弘伞法师出外者，乞交付寺师代收，须掣取收条乃妥）转交朽人。《往生论注》尚未由温州转到。谨达，不具一一。孙居士乞代致意，附一笺乞交李居士。

昙昉疏 三月廿二日

四

（一九二六年阴历五月十九日，杭州）

丏因居士丈室：

书悉。近与伞法师发愿重厘会修补校点《华严疏钞》（今之《会本》，为明嘉靖时妙明法师所会。彼时清凉排定之科文久佚，妙师臆为分配，故有未当处。妙师《会本》，后有人删节，甚至上下文义不相衔接。《龙藏》仍其误。今流通本又仍《龙藏》之误。已上据徐蔚如考订之说）。伞法师愿任外护并排版流布之事（伞法师谓排版为定，可留纸版，传之永久）。朽人一身任厘会修补校点诸务。期以二十年卒业，先科文十卷，次悬谈，次疏钞正文。

朽人老矣，当来恐须乞仁者赓续其业，乃可完成也。此事须于秋暮自庐山返后，再与伞师详酌。若决定编印，尚须约仁者来杭面谈一切。前存尊斋疏钞等，乞暂勿送返，是间有《续藏》可阅。伞师又将觅木版流通本以为编写之稿本（改正科会及增补原文之处，皆剪贴，即以此本排印，不须另写）。

近常与湛翁晤谈，彼诗兴甚佳。他日来杭，可往访也。

论月疏 五月十九日

五

（一九二六年阴历十二月六日，杭州）

丐因居士：

书悉。《华严疏钞》唯有仁者能读诵，故以奉赠。来书谦抑太甚，未可也。《疏钞》第十《回向章》及《十地品》初地前半共一册，乞寄下。《疏钞》中近须检阅者凡五册：一、《净行品》一册，《二十行品》二册，《三十回向品初回向章》一册，《四十回向章》一册，此五册迟数月后再邮奉尊斋。以外诸册，不久悉可寄上。《悬谈》在杭州，《疏钞》存上海，不久可以寄来。明后二年，谢客养静，未能通向，《回向初章》印就时，乞惠寄朽人五册，仍交丁居士家。并乞寄天津东南城角清修院清池大和尚三册，至为感谢！《回向》初章中听字写从壬，大误。后忽忽不及改写。切字从十者，依唐人《一切经音义》之说，以十表无尽也。）

月臂 十二月六日

六

（一九二六年阴历十二月十一日，杭州）

丐因居士丈室：

曩乞李居士奉上一书，想达慧览（仁者礼诵《华严》，于明年二月十五日，即释迦牟尼佛涅槃日始课，最为适宜。此前有暇，可以检查文字之音读。

自是日始课者，绍隆佛种，担荷大法义也。仁者勉旃）。兹邮奉《礼诵日课》一叶，并《悬谈》八册，希受收。《日课》中说明甚简略，兹补记如下：

礼敬之前，应先于佛前焚名香供养，能供花尤善。偈赞所书者，为举其一例。所诵之偈赞，可以随时变易，以己意选择。《华严经》中偈文，悉可用也。诵《华严经》，用疏钞本诵亦可，若欲别请妥正本，以杭州昭庆慧空经房之本最善（句读稍有舛误，但讹字甚少，毛太纸本价四元八角，新连史本七元八角。若大字拓本，即俗称梵本者，价十八元。此本核对尤精）。三归依亦应延声唱诵。依此课程行持，约须一小时三十分。初行之时，未能熟悉者，至多亦不逾二小时。每日读《华严》一卷之外，并可以己意别选数品，深契己机者，作为常课，常常读诵（或日日诵，或分数日诵）。朽人读《华严》日课一卷以外，又奉《行愿品别行》一卷为日课，依此发愿。又别写录《净行品》《十行品》《十回向品》（初回向及第十回向章）作为常课。每三四日或四五日轮诵一遍。附记其法，以备参考。尊处或无适宜之佛像，今附邮奉日本名画《华严图》三页，又古画《阿弥图像》三页，以各一页奉与仁者供养。如李、孙二居士亦发心供养者，乞以其余转施与二居士，唯举置而不供养，则有所未可耳。

月臂疏 十二月十一日

七

（一九二八年阴历正月十四日，温州）

丐因居士丈室：

两书诵悉。《悬谈》八册，昨夕亦赍至。今邮奉《疏钞》十一册，又《往生论注》一册，亦并假与仁者研寻。杨仁山居士谓修净业者须穷研三经一论，论即《往生论》也。鸾法师注至为精妙。杨居士谓支那莲宗著述，以是为巨擘矣。附奉上《行愿品》一册，敬赠与仁者读诵，并希检受。《华

177

严悬谈》文字古拙，颇有未易了解处，宜参阅宋鲜演《华严谈玄供择》（共六卷，初卷佚失，今存五卷，收入《续藏经》中）及元普瑞《华严悬谈会玄记》（四十卷，常州刻经处刊行，共十册），反复研味，乃能明了。

仁者若欲穷研《华严》，于清凉疏钞外，复应读唐智俨《搜玄记》（共五卷，每卷分本末，第四卷之中已佚失，此残本，今收入《续藏经》中）及贤首《探玄记》（二十卷，金陵刻经处刊行，共三十册。徐蔚如厘会）。清凉疏钞多宗贤首遗轨，贤首复承智俨之学脉，师资绵续，先后一揆。三师撰述，并传世间，各有所长，宁可偏废。乃或故为轩轾，谓其青出于蓝，寻绎斯言，盖非通论。前贤创作者难，后贤依据成章，发挥光大，亦唯是缵其遗绪耳，岂果有逾于前贤者耶。至若慧苑《刊定记》（共十五卷，第六第七佚失，此残本今收入《续藏经》），反戾师承，别辟径路，贤宗诸德并致攻难，然亦未妨虚怀玩索，异义互陈，并资显发，岂必深恶而痛绝耶。

春寒甚厉，手僵墨凝，言岂尽意。

昙昉方疏答 正月十四日

今后邮寄书籍，乞包以坚固之纸数层，外以坚固之麻绳束缚稳牢。固绍至温，须数易舟车。包纸易致破碎，麻绳亦易磨断。附白。

八

（一九二九年阴历九月七日，温州）

丐因居士慧鉴：

惠书具悉。寄存之书，共十三包。其中大部之书，有晋唐译《华严经贤首探玄记》（此书极精要），大本《起信论疏解汇集》等（有木夹板二副，晋译《华严》用）。是等诸书，朽人他日倘有用时，当斟酌取返数种。若命终者，即以此书尽赠与仁者，以志遗念。此外有奉赠结缘之书及零纸等五包（每包上有纸签写赠送二字），乞随意自受，并以转施他人，共装入两在网篮（约重七八十斤），拟托春晖中学杨君（数年前在绍兴同游若耶溪者）暂为收贮。将来觅便，赍奉仁者，未审可否？乞裁酌之。若可行者，希即致函杨君来此领取。朽人十日后即往闽中。

衰老日甚，相见无期，唯望仁者自今以后，渐脱尘劳，专心向道。解行双触，深入玄门。别奉上尊书简数纸，以赠铭绍诸子（附包入零纸中）。此未宣悉。

演音疏 九月七日

九

（一九三二年阴历正月十一日，镇海伏龙寺）

丐因居士智鉴：

惠书诵悉，至用欢慰。朽人近年已来，两游闽南各地，并吾浙甬、绍、温诸邑，法缘甚盛，甚尉慈念。唯以居处无定，故久未致书问讯耳。去岁夏间，曾立遗嘱，愿于当来命终之后，所有书籍，悉以奉赠于仁者（若他人有欲得一二种以为纪念者，再向仁处领取）。是遗嘱当来由夏居士等受收耳。数日后，即返法界寺。秋凉仍往闽南。以后惠书，希寄绍兴转百官（若交民局寄者，乞将百官二字改为驿亭站；若交邮局寄者，宜用百官二字）横塘庙镇寿春堂药店转交法界寺弘一收。附邮奉拙书一束，内有五言联及佛力小额，奉赠仁者，此外乞随意转施。谨复，不宣。

演音疏 正月十一日

前存仁处《贤首国师墨迹》一册，近欲请回供养，乞附邮寄下为感。又《圆觉大疏》一部，前在闽时，以数月之力圈点，并节录钞文，乞仁者检出，觅暇阅之，当法喜充满也。附白。

十

（一九三六年阴历元旦，厦门）

丏因居士道席：

前复二明信，想悉收到。昨今二日，书写十件，附邮奉上。自今日始，为僧众讲律，约至旧四月八日圆满。其余诸纸，拟俟讲毕再加墨也。是间气候和暖，桃榴桂菊等一时并开，几不知其为何时序矣。谨陈，不具。

演音启 旧元旦夕

此函将发，独奉手书，诵悉一一。承施景印墓碣，甚感！南山律苑学侣约十五人，乞再寄下十五册。别所需者，由洽法师函达。附白。旧正月三日。

十一

（一九三六年阴历四月二十三日，厦门）

丏因居士道席：

惠书诵悉。将来共出几辑，似未可预定。若无有销路，主事者厌倦，即出二辑为止。否则可以续出。每辑之形式不同，未可分类标写部名（如经论等。此事前曾再四踌躇，以不标为妥，恐以后发生困难）。如第一辑所选者，以短，易解，切要，有兴味，有销路为标准，但如此类之佛书实不可多得。故第二辑以下须另编辑。且拟每辑变换面目，以引起读者之兴味也。第二辑拟专收音所辑编者三十种。第三辑拟专收佛教艺术（旧辑《华严集联》可编人。余可以编辑数种，此外由同人分任。共三十种）。所预定者大致如是。第一辑所收者经论杂集之部类略备。第二辑多为警策身心克除夕气之作。第三辑为佛教艺术。以后若续出者，每次变换面目。每两年出一辑。或全辑总售，或又零册分售。前定名曰《佛学丛书》，似范围太广大。今拟酌定曰《佛籍（典）小丛刊（刻）》，未知可否？乞裁酌之。定名之后，乞以示知，再书写签条及序言奉上也。

近自扶桑国请到佛像书数十册（及古版佛书近千册，多为稀有之珍本），略为研求，乃知是为专门之学，未可率尔选择评论。第一辑、第二辑拟不用佛像，将来倘第三辑《佛教艺术》出版，可以多列诸像，附以说明也。

裴相《发菩提心文序》第十五行非"速行"也，应作"迷行"也。末页第七行普愿大众以下应提行另起。又第十三行启发以下之文宜与上行连续，不可提行。

年谱在世之时不可发表。幼年诸事，拟与高文显君言之（厦门大学心理系学生，与广洽师至契）。

去岁仲冬大病，内外症并发，为生平所未经历（卧床近两月，俗谓九死一生）。内症至季冬已愈，外症延至本月乃痊。此次大病，自己甚得利益。稍暇拟记写之。

以后惠书，乞写厦门南普陀寺养正院广洽法师转交弘一。不久拟移居鼓浪屿，但信件仍由广洽法师转送来。其寻常信件，由彼代复，或退还也。谨复，不宣。法华卷已收到，感谢！

演音疏 四月廿三日

十二

（一九三六年阴历六月十九日，厦门）

丏因居士道席：

惠书诵悉。前函未收到，以后若有要事以挂号为妥。签题及序文奉上。前月所拟第二三辑编订法，乃一时之理想。近为详思，殊难实行（且将来有种种困难）。将来编第二辑时，仍拟与第一次大致相似，先列短篇之经律论（律论或缺）译本，后列此土撰述，凡拙作及艺术等文酌选数种附于其后。第三辑以后，亦尔。如此变通办法，未知可否？乞与书局主事商之。便中示复为祷。所寄日本书三部，已收到。谨复，不备。

演音疏 六月十九日

十三

（一九三七年阴历六月五日，青岛）

丐因居士道鉴：

　　惠书诵悉。承施石垂笺、羊毫，已收到。敬谢！

　　丛刊续辑，拟俟秋凉返厦门时编定，因是间无书籍可检寻也。

　　拙书联幅等，约于旬日后递奉。其中有上款者数种，其余乞仁者与沈知方居士分受，转赠善友可耳。旬日后邮奉联幅等时，附讲稿二种（《青年佛徒应注意的四项》及《南闽十年之梦影》），皆在养正院所讲者（去年正月及今年二月）。

　　养正院创办于三年前，朽人所发起者教育青年僧众。今复或将与他院合并。养正之名，难可复存。此二讲稿可为养正院纪念之作品，为朽人居闽南十年纪念之作也。唯笔记未甚完美，拟请仁者暇时为之润色（多多删改无妨，因所记录者亦不尽与演词同也），并改正其讹字、文法及标点。题目亦乞再为斟酌（"青年佛徒"等），更乞仁者为立一总名。即以此二篇讲稿合为一部书。虽非深文奥义，为大雅所不取，或亦可令青年学子浏览，不无微益也。此讲稿拟别刊行。世界书局或欲受刊者，广洽法师处存有数十元，愿以附印也。又拟请仁者撰序及题签，以为居南闽十年之纪念耳。谨陈，不宣。

演音疏 六月五日

十四

（一九三八年阴历正月十九日，泉州草庵）

丐因居士慧鉴：

惠书诵悉。尔来身心疲劳，拟于明日始，在此掩室数月静养。属题塔经，俟后兴致佳时写奉。

近有讲稿一篇，拟列于前二篇后，共三篇，题曰《养正院亲闻记》。能于旧历己卯明年付印为宜。明年朽人世寿六十，诸友人共印此书，亦可惜为纪念也。前寄上之印资数十元，为养正院师生等所施者，亦乞加入，并将姓名载于卷末。又奉化丁居士亦愿施资，附写介绍笺一纸，将来由仁者致函通知可也。印刷之格式，如去秋晤面时所谈。

演音启 正月十九日

养正院师生等施资者姓名（此人名务乞列入卷末，因经手募资人可有交代也）：佛教养正院前教导释广洽、高胜进，学僧释盛求、瑞伽、贤范、贤悟、传深、传扬、广根、道香、妙廉、妙皆、广慎、善琛、传声、心镜、瑞耀、如意、静渊、离尘、智静、广余，及护法王正邦、陈宗泮、施乌格、曾珠娟。共助印资□十元（此数目已忘记，乞填入）。以后通信，乞交与夏丐尊居士便中附寄。因掩关期内，仅收复居士之信札也。

致寄尘法师

尘法师：

惠书诵悉，欢慰无尽。明岁倘有胜缘，或能来九华亲近法座也。苏居士偕返温州，秋凉后将与居士往鼓山，印刷经典，或在鼓山过冬。

座下天性仁厚，待人和平，与古德云栖莲池大师气象最为相近。窃谓今后能于《云栖法汇》常常披阅，则学识当更有进。集中《缁门崇行录》《僧训日记》《禅关策进》三种，尤为切要。不慧披剃以来，奉此以为圭臬。滥厕僧伦，尚能鲜大过者，悉得力于此书也。愿与仁者共勉之。前月曾乞苏居士以《缁门崇行录》五十部，赠与闽南佛学院诸同学等，已托芝法师为之分致矣。《云栖法汇》金陵版较杭为善，上海功德林亦有流通者。敬复，不尽欲言。

顺颂

法利！

演音和南 旧六月十六日

致性愿法师

一

（一九三〇年闰六月十一日，上虞白马湖）

愿法师慈鉴：

惠书敬悉——。兹寄上《四分律表记》一册（此书仅存三册，不能多寄)，《五戒相经笺要》（补释以下为拙辑）、拙辑《有部钞》等各一册（此二书存者尚多，如需者可以续寄）。拙书数幅，乞随意赠送。用宿墨写者，裱时须十分注意（最易抹污）。《安心头陀像赞》，乞赠与同学中喜乐者。李某临古墨迹印本，已印好，不久即可寄上三十册，乞赠尊社教职员、同学师各一册外，所余者乞赠：

开元寺副寺师一册，

苏、周、叶、黄居士各一册，

图书馆一册，

觉斌、广洽二师各一册。

此次考试平均成绩最优者，及品行最优者三人之名，乞于便中示知。

上海李圆净居士近编印《饬终津梁》（临终助念等事），甚为切要，再嘱彼于出版后寄奉座下及周居士若干册，想不久即可寄上（样稿已印出）。率复，不具——。顺颂

法安！

后学音和南 闰月十一日

和尚及广心法师并同学诸师，乞为致候。

因即有工人出外，托彼带此信，故潦草书之，乞鉴谅！

前借用座下之夹袄一件，乞即惠赐后学，恕不奉还。未知可否？

二

（一九三一年阴历八月初二，金仙寺）

性公老法师慈鉴：

前月承惠寄至法界寺一函，数日前乃转到。近又获诵七月廿一日所发之尊简，敬悉——。法体近想已大愈。后学数月以来，时有小疾。倘将来身体康健，当趋侍座下，以聆教益也。寺中诸师、诸居士等，均乞代为致候。

五月移居时，曾奉上一明信片，奉告地址。想金鸡亭遗失矣。

拙辑并书写《华严集联三百》（共有百页上下），已由开明书店印刷（样本二张附奉呈）。后学大约可得百册。俟出版时，敬以十数册呈奉慈座，以便转赠缁素诸道侣。上海佛学书局，近印拙书对联，又经数种（一个月后可印出五种）。因赠与后学者仅一二份或数份，不能广赠道侣，乞谅之。顺叩

法安！

后学演音稽首 八月初二日

（若有欲得者，于一个月后，向佛学书局请购。）

三

（一九三二年阴历四月三十日，镇海）

性老法师慈鉴：

近日屡拟上书奉候，今晨得接诵手谕两通，至用欢慰。《同戒录》亦收到。法会隆盛，甚深赞喜。兹答陈各事如下：

△《圆觉经》签条跋语，数日后写好（挂号），迳寄至南京。

△傅、蒋二居士联件，紫云寺佛号及结缘之横直小幅等，半月后寄至厦门，托广洽法师转呈。

△附挂号寄上一包，内有木夹板《梵网经》及其他《华严》《八大人觉》等五册，敬赠法座。又有布画《梵网经》一册，乞转奉广洽法师。又有日本书二册及信片画三套，乞转奉芝峰法师。此次佛学书局所印各种拙书，印工未精，装拓亦参差不齐。又因资本不足，未曾另赠与未学，故未能分送诸友人耳。

△以前未学与各处关系各事，悉已料理清楚。秋凉时，拟来闽亲近法座也。谨复，顺颂

禅安！

末学演音稽首 旧四月三十日

依邮章，印刷品宜与信函分寄，未可合并。附白。

四

（一九三二年阴历十一月十六日，厦门）

性公老法师慈鉴：

前，法驾莅厦，诸承慈护，惠施种种，至用感谢。承命书匾额之字，系用朱色。乃写时忽促，未能忆及，遂用墨书。至半夜睡醒之时，始想起应用朱书之事。至为抱歉！谨此陈谢，诸希慈谅。兹有恳者，末学前存在友人处经书两大箱，拟即运厦。乞座下暇时，到开元访陈敬贤居士，乞为致候，并请彼写介绍书，托上海陈嘉庚公司代为运厦。附陈者有三事：

一、介绍书请写两封，一封于送书箱时随交。又一封，在送书前数日寄去，预告此事，俾免临时唐突冒昧。此两封信皆乞寄交末学转付。

一、上海陈嘉庚公司之详细住址，乞写明。俾便友人访觅。

一、上海之友人，写刘质平君。乞向公司主任代为介绍。以后刘君或再有物件托带厦者，亦乞慈悲许诺。至为感激！谨恳，顺叩

法安！

末学演音稽首 旧十一月十六日

以后惠函，乞寄妙释寺转交至妥。因末学每数日必往一次也（无须寄至山边岩，若恐遗失也）。

五

（一九三三年阴历四月十一日，厦门）

性公老法师慈鉴：

昨奉惠书，敬悉一一。承介绍往草庵息暑，至用感谢！但学律诸师之意，谓有五六人（或不止此）随往者。草庵床具、斋粮或未能具备。诸师

意欲往雪峰。但未知转解和尚之意如何？拟请座下先为函询，俟得回信后乃能动身。倘雪峰不能容多众者，仍乞座下慈愍，代为设法介绍他处。因厦门气候较热，暑季三四月内不能讲律，虚度光阴。现欲觅山中凉爽之处，居住四个月以上，结"后安居"，继续讲律也。

惠示，乞寄妙释寺转交最为妥迅。勿由文灶社转（甚迟缓且易遗失也）。谨恳，顺请

法安！

末学演音稽首 四月十一日

末学近辑《灵峰警训略录》一卷，名曰《寒笳集》，仅三十页，可以作佛学校国文教科书用也。不久即送至佛学书局印行。附白。

六

（一九三四年阴历八月十三日，厦门）

性公法师慈座：

前承询问学社幼年僧众教育方法，谨陈拙见如下，以备采择。应分三级：

丙级年不满二十岁者，以学劝善及阐明因果报应之书为主，兼净土宗大意，大约二年学毕。

乙级年二十岁以上，学律为主。兼学浅近易解之经论，大约三年学毕。

甲级学经论为主，精微之教义，大约三年学毕。今且就丙级，详记办法如下：

每日五课：

（一）读背经。（二）讲《安士全书》（全部）。

（三）选读四书及讲解。（四）国语，应用材料，如《法味》《谈因》《弥陀经白话解》等，即依此练习语言，兼获法益。（五）习字。又随时于课外演讲因果事迹及格言等，并选《印光法师嘉言录》随时讲之。

讲经背诵经，所用之经，可以随时酌定。如《地藏经》《普门品》《行愿品》等。

《安士全书》，印老法师尽力提倡，未可以其前有《阴骘文》而轻视之。

"四书"中《论语》全读，先读，其余依次选读之。

苏州弘化社目录中，所应用之书，以朱圈记之（此社为印老法师所办）。

以上之办法，与印老法师之主张多相合。二年之中，如此教授，可以养成世间君子之资格。既有此根基，然后再广学出世之法，则有次第可循矣。

以上所陈拙见，敬乞教正。唯乞勿传示寺外之人。因上所陈者，不敢自谓为尽善，不过姑作此说耳。

匾联已写就，先以奉上。顺颂

法安！

末学演音稽首 八月十三日午后

石印用之蜡纸，他日如交下时，乞于纸之正面写一记号，俾免误书于背面，致不能付印也。附白

七

（一九三五年阴历四月十二日，惠安）

性公老法师慈鉴：

前承远送，并惠多珍，慈爱殷渥，感谢何已。后学居净山甚安，广洽

师亦赞同也。前借承天《频伽大藏经》三帙，已带至净山，临行匆促，未及奉陈，乞亮之。冬季戒期能下山否未定，届时当预陈也（若老体颓唐，未能步行长途者，当书六尺大联二对为纪念。六尺宣纸近有人赠来。净业寺碑俟画格后，亦可托人带碑石至净峰书写也）。净业寺碑文，不久润色奉上，得便必为书写。附书小联十对，若承天学僧有欲得者（又"戒香"五页），乞随意赠之。谨陈，顺颂

慈安！

后学演音稽首

尘老和尚、寿山法师暨诸法师前乞代问安。

八

（一九四〇年阴历十二月十二日，南安）

性公老人慈座：

久未奉候，唯道履贞吉，为祝。后学于初冬移居灵应寺后，辞谢见客通信等事，习静养疴，已近三月矣。兹因有关系法门重大之事，必须奉陈座下，故特破例通信，详述由致，诸希慈察为祷。

近闻人云，慈座拟辞却信愿寺职务，俟有妥人继位时，即可辞职返国云云。后学久违慈范，时以萦怀。今闻慈座返国之消息，不胜庆忭。又望仙、普济诸刹，皆待慈座莅临，兴建整顿。时节因缘，盖非偶然。但信愿寺后任住持之人选，后学不揣冒昧，拟以推荐性常师负此重任。乞慈座与诸护法董事商之。性常师与后学相交多年，道念坚固，任事精勤。以前学律诸师之中，应推常师为第一。近为兴复望仙寺事，诸方奔走，任劳任怨，尤为人所难能。慈座能返国兴建望仙，请常师在菲岛遥为护法，辅助一切，尤为适宜。但常师于任职之事，非其所愿。必须请慈座与诸董事商酌，宜

以最隆重之典礼，至诚聘请，彼或可破格允诺。应具聘书，命僧众一二位专诚返国，殷勤劝驾，并陪伴常师偕往菲岛。至于护照等事，宜早为准备也。拙见如是，是否有当，希裁酌之。顺颂法安。不宣。

十二月十二日 后学演音稽首

九

（一九四二年阴历四月十三日，泉州）

性公老法师慈鉴：

去秋方拟启程，变乱忽起，致负旅菲缁素诸公厚望，至用歉然！兹有陈者，觉圆法师近来道心坚固，拟放下一切，追随后学专心用功。百源主持一席，已交与其弟子妙兴师暂为代理，并托诸护法为照顾指导一切。觉圆法师于数日后，即随后学往闽东居住，暂不返泉。百源寺务，俟时局稍定，泉、菲之间能通信时，即请诸居士代寄此信，呈奉慈座。以后寺务如何规定，敬乞慈座核酌。即赐复音，仍交与诸居士依教奉行。后学前曾闻李秉传居士谈及，慈座有将百源完全改为居士林之意。后学等甚为赞成。诸居士亦极欢忭。并谓若改作居士林时，则经费决无困难云云。今据大众公意，附陈慈照。敬乞复示，俾便遵循。

至于妙兴师，本是暂时代理，若改为居士林后，彼即退位，专心用功。因后学亦曾劝妙兴师不可任职，应放下一切，专心用功云。以后慈座专书，乞寄泉城诸居士先为披阅，暂存居士处。因后学所居荒僻之地，未便通信也。谨陈，顺叩

慈安！

后学音稽首 旧历壬午四月十三日

致堵申甫

（一九二六年阴历二月五日，杭州）

申父居士丈室：

昨承枉谈，至用欣慰！装订《华严经》事，今详细思维，如不重切者，则装订之时亦甚困难。因此经共二十七册，原来刀切偏斜者，以前数册为甚，以后渐渐端正。至后数册，大致不差。故装订时，裁剪书面（即书皮子）及衬纸（每册前后之白纸），须逐册比量，甚为费事。又此书原来刀切偏斜之处，朽人曾详细审视，非是直线，乃是曲线。下方向上而曲，上方亦向上而曲。此等之处，如装订时，欲使书面及前后之衬纸一一与原书之形吻合，非用剪刀剪之不可。若以刀裁，即成直线，与原书之形未能合也。以是之故，此书若不重切，则装订之时，极为困难，且不易得美满之结果。

今思有二种办法：其一、为冒险重切；其二、则不重切，即将原书旧有之书皮翻转，裱贴黄纸一层，俟干时用剪刀依旧书皮之大小剪之（其曲线处仍其旧式），即以此装订（但册数之先后次序，不可紊乱。例如第一册之书皮，仍订入第一册等。因此书全部前后样式稍参差也）。至于前后衬入之白纸，则只可省去。因此白纸，若一一剪成曲线之形，极为不易，必致参差不齐也（若依第一种办法，冒险重切者，则仍每册前后衬白纸四页）。若冒险重切者，订书处如不能切，或向昭庆经房，请彼处切之如何（原书即系昭庆经房自切者）。诸乞仁者酌之。

再者，昨云签条黑边外留白纸约二分者，指另印夹宣纸之签条而言。若橘黄色之签，因外衬白纸，固不须太阔也。叨在旧友，又以装订经典为胜上之功德，故琐缕陈诸仁者，不厌繁细。诸希鉴谅至幸。新昌片旁字，宜以佛经句为宜，乞商之。此未宣具。

胜臂疏 二月五日

致毛子坚

一

（一九二一年阴历三月初五，杭州）

子坚居士文席：

顷获手书，欣慰无似！音以杭地多故旧酬酢，将偕道侣程、吴二居士之温，觅清净兰若，息心办道。经营伊始，须资至多。程、吴二居士家非丰厚，音不愿使其独任是难。故托白民君代为筹谋，须资约计三百，以助其不足。至音寻常日用之资，为数至纤，不足为虑。仁者卖字之说，固是一法，然今非其时；俟他年大事已了，游戏世间俗事，则一切无碍矣。

上海有正书局，寄售《印光法师文钞》正续篇，极明显切实，希仁者请奉披诵。新闸坤范女学校自初八日始，每晚请范古农大士讲经，希仁者往听。一染识田，永为道种。人身难得，佛法难闻，能亲承范大士之圆音，尤非多生深植善根，不易值也。范大士解行皆美，具正知见，为未法之善知识。

音数年以来，亲近是公，获益匪浅。音于当代缁素之中，最崇服者于

195

僧则印光法师，于俗则范大士。仁者如未能于晚间闻法，或于暇时访范大士一谈亦可。音与仁者多生有缘，故敢以是劝请。今后仁者善根重发，皈心佛法，倘有所咨询，音当竭诚以答。或愿阅诵经论，音当写其名目，记其扼要，以奉青览。今后通函，寄杭城内万安桥下银洞巷四号。廿日左右，当来沪，临时必可一晤也。率复，不具。

演音 三月初五日

东山、建藩诸居士，希为致念。

二

（一九二一年阴历十一月十八日，温州）

子坚居士：

末由省展，霜寒，比自何如？普陀印光长老及诸上善人劝送《安士全书》，匡益世道，祛发昏矇，猥辱累嘱，为之绍于知识。铭兹典诲，伏深赞庆。谨致文告，希垂省察。倘值有缘，幸为劝勉，随喜功德。

江山辽复，岂复委宣。

演音 十一月十八日

会稽黄道尹处，希为致书劝告。春间晤白民，谓邑庙湖心亭放生池有未如法事，曾属白民代达仁者，未识已改善否？极念。

致吕伯攸

（一九二六年阴历十二月十一日，杭州）

伯攸居士丈室：

前诵来书，欢悦无尽！兹写佛名三叶，以一叶奉与仁者，其一叶希转施胡居士寄尘，其他可随意赠与善友也。别奉旧写残纸数种，并乞受收。若自受，若转施他人。朽人尔来礼诵《华严》谢绝宾客，暂不通讯问。仁者受收是书后，乞暂勿答复。此未委宣。

月臂疏答 十二月十一日

又佛学文字数种附上。商务印书馆印行之《印光法师文钞》，乞请阅览。《听钟念佛法》，为朽人所撰述者。此数张中，唯改正讹字一张，其他乞仁者改写。朽人近年书写经典，付印者大半已送罄，惟吴幼潜处珂罗版印《阿弥陀经》或尚有余，乞仁者向上海宁波路渭水坊西泠印社吴君询问。又近为蔡丏因居士书写《华严初回向章》明春可以印就。乞预致函与蔡君约定，彼为浙江两级师范毕业生，今任绍兴中学教员。

致李圣章

（一九二二年阴历四月初六，温州）

圣章居士慧览：

二十年来，音问疏绝，昨获长简，环诵数四，欢慰何如！

任杭教职六年，兼任南京高师顾问者二年，及门数千，遍及江浙。英才蔚出，足以承绍家业者，指不胜屈，私心大慰。弘扬文艺之事，至此已可作一结束。

戊午二月，发愿入山剃染，修习佛法，普利含识。以四阅月力料理公私诸事：凡油画、美术、图籍，寄赠北京美术学校（尔欲阅者可往探询之），音乐书赠刘质平，一切杂书零物赠丰子恺（二子皆在上海专科师范，是校为吾门人辈创立）。布置既毕，乃于五月下旬入大慈山（学校夏季考试，提前为之），七月十三日剃发出家，九月在灵隐受戒，始终安顺，未值障缘，诚佛菩萨之慈力加被也。出家即竟，学行未充，不能利物。因发愿掩关办道，暂谢俗缘（由戊午十二月至庚申六月，住玉泉清涟寺时较多）。

庚申七月，至新城贝山（距富阳六十里），居月余，值障缘，乃决意他适。于是流浪于衢、严二州者半载。辛酉正月，返杭居清涟。三月如温州，忽忽年余，诸事安适；倘无意外之阻障，将不它往。当来道业有成，或来北地与家人相聚也。

音拙于辩才，说法之事，非其所长，行将以著述之业终其身耳。比年以来，此土佛法昌盛，有一日千里之势。各省相较，当以浙江为第一。附写初学阅览之佛书数种，可向卧佛寺佛经流通处请来，以备阅览。拉杂写复，不尽欲言。

释演音疏答 四月初六日

尔父处亦有复函，归家时可素阅之。

致黄庆澜

（一九二六年阴历五月，杭州）

涵翁老居士慧鉴：

去温之时，曾奉一书，计达尊览。三月初旬至杭州，暂居招贤寺。前承属书《行愿品偈》，今已写就，附邮奉上，乞检受。笔墨久荒，书写工楷，气既不贯，字体大小，亦未能一律。几经修饰描改，益复损其自然之致，如何如何！去年陈伯衡居士，石印拙书《八大人觉经》，曾呈法雨老人阅览。老人以为折本太长（与今写者相同），未便放置，以后再印宜改短云云。故今所写《行愿品偈》，未写冠首之科文，及后附之释经名题。如是仅存大字经文，再将上下空白纸处缩短，则可与金陵折本行愿品，长短相似。藏置书架之上，应无折损之虞矣。又前年书写之《净行品偈》，亦可将已写冠首之科文及后附之释经名题删去，则卷尾之跋语行式太长，未能合宜。今别写一页奉上，乞以补入。

以上所陈拙见，未审当否？希裁酌之。

附奉陈者，前承惠施《续藏经》，暂存上海立达学园。此次返杭之后，立达主任夏、丰二居士即来杭晤谈，谆谆恳请，以此《续藏经》永存立达

200

学园；并谓已订制书架，注意保藏，且有同学多人发心阅览云云。音察其
情意诚挚，不忍违拂，已允其请；并由彼致函与衢州汪居士，说明此意。
请汪居士欢赞其事。照此情形，是经存置立达，似颇稳妥。既能注意保存，
且有多人阅览，较诸转送衢州，似合宜也。仁者闻之，想定欢喜赞许。今
后学园诸子披阅经文，获植善根，或开慧解，悉出仁者之赐。檀施功德，
宁有涯砲。附陈梗概，并鸣谢忱。音不久拟赴庐山，约在秋后乃可返杭。
以后惠函，乞寄杭州里西湖招贤寺存交音手收，至妥！敬颂檀那，功德
无量！

演音疏